Robert Walser

Die Rose

Suhrkamp Verlag
Zürich und Frankfurt am Main

Die Erstausgabe erschien 1925
im Ernst Rowohlt Verlag, Berlin.

suhrkamp taschenbuch 1108
Erste Auflage 1986

Druck: Ebner Ulm · Printed in Germany
Umschlag nach Entwürfen von
Willy Fleckhaus und Rolf Staudt

1 2 3 4 5 6 – 91 90 89 88 87 86

DIE ROSE

WLADIMIR

Wir nennen ihn Wladimir, weil das ein seltener Name ist und er in der Tat ein Unikum war. Die, denen er komisch vorkam, haschten nach einem Blick, einem Wort von ihm, womit er sparsam umging. In minder guter Kleidung benahm er sich zuversichtlicher als in gewählter und war im Grunde ein guter Mensch, der nur den Fehler beging, daß er sich Mängel andichtete und -heftete, die ihm abgingen. Er war hauptsächlich schlecht gegen sich selber. Ist das nicht unverzeihlich?

Einmal wohnte er bei einem Ehepaar und war nicht mehr wegzutreiben. «Es wäre Zeit, daß Sie uns allein ließen», wurde ihm bedeutet; er schien es kaum zu fassen, sah die Frau lächeln und den Mann erblassen. Die Ritterlichkeit war er selbst. Dienen gab ihm allemal einen hohen Begriff von der Freude des Daseins. Er konnte hübsche Frauen nicht mit Köfferchen, Paketen und so weiter beladen sehen, ohne herbeizuspringen und den Wunsch zu äußern, behilflich zu sein, wobei er immer die zarteste Befürchtung der Aufdringlichkeit zuerst bekämpfte.

Woher stammte Wladimir? Doch wohl von niemand als seinen Eltern. Eigenartig scheint, daß er bekennt, im Unglück oft fröhlich, im Erfolg mürrisch gewesen zu sein, und daß er sagt, der Zug seines Wesens sei Arbeitsamkeit. Nie sah man einen so zufriedenen und zugleich unzufriedenen Menschen. Keiner war rascher und handkehrum unentschlossener.

Einmal bat ihn ein Mädchen, sich dann und dann einzufinden, und ließ ihn warten. Ihm kam das überraschend vor. Eine andere meinte: «Ihnen behagt es, geprellt zu werden. Haben Sie nicht an Späßen, die an Unachtsamkeit grenzen, besondere Vorliebe?»

«Sie irren sich», war alles, was er antwortete.

Er trug keinem Menschen etwas nach, denn «ich habe ja auch schon oft mit Menschen übel gespielt.»

Im Damencafé amüsierten ihn Mienenspiel und Äußerungen der Gästinnen. Übrigens war er kein Freund von zuviel Zerstreuungen, so sehr er sie ausnahmsweise schätzte. Er dachte an alles, um es im Nu zu vergessen, war ein guter Rechner, weil er seinem Gemüt nicht Macht auf ihn auszuüben erlaubte.

Die Frauen schätzten ihn gering, aber nicht ohne sich immer wieder für ihn zu interessieren. Sie nannten ihn zaghaft, aber er sie ebenfalls. Sie spielten mit ihm und fürchteten ihn.

Zu einer Dame, die ihm ihren Reichtum auf vielleicht nur zu geschickte Art vor Augen führte, war er so höflich, wie man ist, wo man nichts empfindet. Er fand ungebildete Mädchen vom Bedürfnis nach Belehrung beseelt und andrerseits solche, die alles lasen und nun beinahe unwissend zu sein wünschten. Für erlittenes Unrecht rächte er sich nie und rächte sich vielleicht damit genügend. Die, die ihn nicht behandelten, wie er's gewünscht hatte, ließ er, wie man sagt, fallen, das heißt, er gewöhnte sich daran, an viel Unliebsames nicht zu denken. Damit schützte er sein Seelenleben vor Verwilderung, seine Gedanken vor ungesunder Härte.

Musik stimmte ihn weich, das geht den meisten so. Sah er sich von einem Mädchen bevorzugt, so kam ihm das vor, als wolle sie ihn binden, und ging ihr aus dem Weg. Mißtrauisch war er wie ein Südländer, sowohl gegen sich wie andere; häufig eifersüchtig, doch nie lang, da ihn die Selbstachtung schnell von den Verfolgungen des Neides befreite, der ihm, kaum erwacht, unbegründet, nichtig erschien.

Als er einen Freund verlor, sagte er sich: «Er verliert so viel wie ich.» Er verehrte eine, bis sie einen Fehler beging, und es ihm nicht mehr möglich war, sich nach ihr zu sehnen. Eine Übereilung von ihr hatte zur Folge, daß er über sie lachte, und darüber war er froh. Die Partnerin bedauernd, brauchte er das sich selbst gegenüber nicht mehr zu tun.

Er blieb jung und benützte diese Stärke zur Gewinnung und Übung der Achtung vor denen, die am nötigsten haben, daß man nicht fühllos an ihnen vorbeiblickt, den Schwachen und Bejahrten. Reden wir zu gut von ihm?

Manchmal führt er sich wie ein Lebemann auf, besucht sogenannte ordinäre Kneipen. Es gibt Leute, die ihn darum tadeln, aber selber gern einmal lustig wären, was ihnen ihre Sphären nicht immer gewähren. Man hat ihn nachgeahmt, aber der Originelle bleibt, was er ist. Nachahmen ist übrigens ganz natürlich.

Auch Kopien können ansprechen, aber nur der Eigentümlichkeit entspringt, was großen Wert hat.

SONNTAGSSPAZIERGANG (I)

Sonntag war's, da ging einer lustwandeln. Während er so ging, erlabte er sich an Kunstblättern, die er irgendwann und -wo ausgestellt gesehen hatte, und an Gedichten, deren Wortlaut ihm im Gedächtnis geblieben.

«Guten Tag», sprach ihn einer gesetzt und ernsthaft, doch immerhin freundschaftlich an: «Wann kommt dein neues Buch endlich heraus?»

«Geduld», erwiderte der Betroffene, und er fügte bei, ihn dünke Mensch sein und spazieren so schön, wie am Schreibtisch sitzen und Bücher erfolgreich absetzen.

An weidender Kuhherde vorbei ging es in sanftem Sonnenschein weiter in die Heiterkeit einer appetitlichen Landschaft hinein. Zwei Kätzchen ließen sich's auf einem Baum sichtlich wohl sein. Aus einem Fenster schaute eine Frau, die sprach:

«Wer du auch sein magst, hilf mir, ich soll nicht mehr jung sein. Man mißgönnt mir den Genuß des Lebens, will mich ins unabweisliche Alter stoßen.»

«Wer tut das?»

«Meine eigenen Kinder.»

Der Poet, als solchen wird man ihn erkannt haben, gab zur Antwort: «Sei ruhig, lebe gesetzt, sei weise, das übrige wird sich von selber machen.»

Blumen prangten noch in den ungezwungen angelegten Gärtchen. Nach einer Weile ging es hübsch bergan. Da saßen in ihrem Park Herrschaften; Kinder vergnügten sich beim Spiel; Tannen umstanden ein würdig aussehendes Haus gravitätisch; hinter einer Scheibentüre stand ein sauber gekleidetes Dienstmädchen. Fenster standen offen, und er, der das sah, dachte:

«Hier würd' ich auch ganz gern wohnen und Ruhe kosten wollen. Als Entgelt rezitierte ich etwa eine Novelle, freisinnig und dabei so höflich wie möglich.»

Daß er immer phantasiert, gedichtet haben mußte beim Spazieren! Aber gerade das machte ihm ja Genanntes reich und immer wieder angenehm. Dicht am Waldrand stand ein Bauernhof, ein Wohnhaus daneben mit bescheidener Schusterwerkstätte, und im Wald war zarte Stimmung genug.

Wieder auf freiem Feld, sah er Leute in sonntäglicher Beschaulichkeit vor einem Anwesen sitzen und hörte jemand die Nase mit dem Tuche putzen, daß es trompetete. Unten im Dörfchen schallten sodann regelrechte Trompeten, eine Musikgesellschaft marschierte einher, und hier fiel unserem Wanderer etwas Vorzügliches ein, er könnte sich zu einem Z'vieri einladen.

Gesagt, getan, und bald trat er in ein Gasthaus; schon das Eintreten belustigte ihn. «Fräulein, ich wünsche nichts als Café complet und nehme an, daß dem Begehren nichts im Weg steht.» Das Mädchen lächelte, und ihm kam vor, die ganze Stube tue das ebenfalls, weil er so friedlich auftrete und so burschikose Ansprüche stelle.

Der Wirt las in einem Büchlein. Die Wirtin, eine stattliche Frau, besorgte, an einem Tischchen sitzend, irgendwelches Geschäftliches. Zwei Tische waren mit Familien besetzt. Einer der Gäste warf ein Gespräch auf, das zu Rede und Gegenrede lebhaft Anlaß gab und sich zur munteren Debatte gestaltete, die sich über das Sektiererwesen verbreitete.

«Unter den Stündlern», meinte der Wirt, «gibt es keinen braven Mann.» Die Frau, indem sie aufs Büfett zuschritt, wobei sie ihre Erscheinung recht zur Geltung brachte, was sie um so eindrucksvoller tat, je weniger sie's zu beabsichtigen schien, mahnte ihren Gatten, halb ernsthaft, halb lachend, bezüglich dessen, was ihn sein aufrichtiges Dafürhalten reden ließ, an die Dienlichkeit von etwas mehr Vorsicht, indem sie anmerkte, daß sogar die Frau Doktor mitunter die Versammlungen besuche.

Dem sowohl horchenden wie essenden Poeten gefiel das liebliche, kluge Verhalten der Wirtin sehr, von der er dachte: ihr Benehmen entspricht ganz ihrem schönen Äußern, sie begegnet weder ihrem Gemahl schroff, noch läßt sie ihn ohne Ablenkung über einen Teil seiner Mitbürger allzu abfällig urteilen.

Einem ihn anbettelnden Hund mit zottigem Fell gab er ein Stück Brot, das zuerst verschmäht, hernach aber, in Erwägung vielleicht, daß eine Begrenzung dem Begnügen mit einem Nichts vorzuziehen sei, gutgeheißen und artig verzehrt wurde.

Beim Fortgehen bedankte sich die Wirtin, er erwiderte, dazu liege keine Ursache vor, ging durchs Dorf, begegnete singenden Jungen, langsam daherschreitenden Bejahrten, hob hie und da den Kopf, ließ den Anblick der Gegend auf sich einwirken und kam auf Haupt- und Nebenwegen zu einer Dame, die anscheinend gebildet, das heißt belesen war, und die dennoch die Hände rang und sprach:

«Ich bin geplagt, obschon ich wohlhabend bin. Mein Sohn gehorcht mir nicht.»

«Das rührt wohl daher, weil Sie ihm nichts vorzuschreiben wagen. Seien Sie ihm eine wahrhaftige Mutter, dann wird es ihm an Respekt vor Ihnen nicht fehlen.»

«Eben das bring' ich nicht fertig.»

«Dann kann Ihnen niemand helfen», und er entfernte

sich schleunig vor ihr, wie vor einer Verschuldeten, die um ein Darlehen bittet.

Sich allerlei Gedanklichkeit aus verschiedenen Gebieten eigenwillig überlassend, kam er auf eine rings Umschau gewährende, mit Baulichkeiten reichlich geschmückte Anhöhe und stand hier eine ruhig bemessene Zeit lang vor dem Denkmal eines Mannes still, zu dessen vernunftvollem Gesicht, teilnehmend-erklärendem Wesen zwei Kinder vertraulich-gläubig emporblickten.

Es war das Denkmal eines Erziehers, und der Spaziergänger sprach zu sich: «Noch hab' ich wenig oder keine Guttaten zu verzeichnen. Das sollte mich verstimmen. Doch gönne ich den Großen ihren Ruhm zu gern, als daß mich ihre Gestalten entherzten. Ich lebte bisher, wie ich's für recht und billig ansah, und fürchte mich vor der Möglichkeit nicht, daß man mir bewiese, ich hätte mich geirrt, denn mit Fug sag' ich: Irren ist menschlich. Doch seh' ich ein, es sei schön, sich edler Auffassung anzupassen und sich die Lebenslust um Erfüllung von Aufgaben zu schmälern, glücklich sein auch in anderer Form zu begreifen, als guter Laune zu sein, sich nicht von letzterer abhängig zu machen, stündlich um sie fürchtend, um ihre Erhaltung besorgt, nein, sie vielmehr bloßlegend, eigenes Glück hingeben und es vielleicht darum zurückgewinnen.»

Man sieht, daß er zugab, es fehle ihm noch an Einsicht, er traute sich aber den Geist der Ausführung zu.

MANUEL

Manuel stand in der Menschenmenge; auf dem Platze vor dem Palast wurde ein Konzert gegeben. Die Leute standen teils still, teils gingen sie im Gedränge so unstörend wie möglich hin und her. Ihn belustigte etwas; das bescheidene Dastehen behagte ihm. Unauffälligkeit kann sehr genußreich sein. Er rauchte mit langsamster Vergnüglichkeit einen landesüblichen Stumpen, wodurch er sich vor niemand hervorhob. Wir wissen nicht genau, womit er den Nachmittag ausfüllte. Hier im stillen Abend, unter seinesgleichen stehend, hatte er mit zwei Mädchen zu tun, übrigens nicht sehr anstrengend. Die eine stand zufällig dicht neben ihm, ließ ihn die seidenweiche Kühle und Wärme ihres Körpers spüren. Er wollte das Gegebene nicht, es gab sich ihm. Oben am offenen Fenster zeigten sich bekannte und unbekannte Gestalten, unter diesen ein Mädchen, dem er gleichsam Treue versprochen hatte, dem er auch bisher noch nicht untreu war, auch in diesem etwas fraglichen Augenblick nicht, wo ihn die Nähe einer andern nicht unangenehm berührte. «Schmeicheln denn die Töne dieses Konzertes nicht auch? Soll mir nichts Sonstiges gefallen, weil mir eines so sehr gefiel?» Sprach er das vor sich hin? Es mag sein! Er schaute sie ruhig an, die oben ein paarmal sichtbar wurde, im Gesicht den ihm so wohlbekannten Zug von Sorglichkeit, leisen Unmutes, feinen Mißtrauens trug. «Sie fürchtet immer etwas. Sie ist zart. Unrecht, sich wohlgemut zu fühlen, sie von unten her anzulachen; sie ahnungslos; ich hier im Publikum voll schelmischer Sicherheit und Überlegenheit. Das Schöne so hochverehrt, emporgehoben. Der Verehrer nah und nicht zitternder?»

Manuel glich in seiner Gleichmütigkeit einem Baum mit festumhäuteten, ruhig-schweren Früchten behangen. Er war gefaßt, traute sich etwas zu, hatte es mit Erklärungen nicht eilig, daran er sich zunächst selbst satt aß im genügsamen Herzen.

Das Konzert war aus, die Leute gingen auseinander. Er glaubte, er habe sich in der Hand. Bevor er sich gibt, wagt er Umstände zu machen. Er prüft sich, denn er böte nicht gern wenig dar.

GENF

Von Bern bis Freiburg sind es zu Fuß sechs Stunden. In letzterer Stadt kaufte ich für alle Fälle Strümpfe und strich mit dem Paketchen über Kinderköpfchen. Samstagabends sind Mädchen glücklich, weil alle Leute mit Einkaufsabsichten in den Straßen gehen und stehen, sich gleichsam Türen öffnen in die Ruhe und Freude des Sonntags.

Einen Burschen fragte ich nach dem Weg nach Romont; er schaute mir auf die Schuhe, wie wenn er hätte prüfen wollen, ob sie marschtüchtig seien.

«Es ist weit bis dorthin», sagte er.

«Tut nichts», erwiderte ich und gewann den Platz in vier Stunden, aß Käse, trank etwas Wein und legte mich schlafen. Bevor ich die Augen zudrückte, dachte ich an die Geliebte, woran ich Spaß hatte.

Die Strecke bis Lausanne nahm acht Stunden in Anspruch. Es begegnet einem da vielleicht ein Priester, vor dem man den Hut lüftet, im Bewußtsein, es schicke sich, geistlichen Stand freundlich zu achten. Ein hochgelegenes Städtchen nennt sich Rue.

Vor Lausanne trat mir spazierendes Sonntagspublikum

entgegen. Weiter geht's, und in zwei Stunden bin ich in Morges, dessen Kirche mir angenehm auffällt, dessen Wirtschaften mir reizend scheinen.

Zwei weitere Stunden brauch' ich bis Rolle; hier dreh' ich mir unter einer Wölbung, bei einem Kastanienhändler und einer Knabenschar, eine Zigarette, trete in den Tête noir, ein aus dem Jahr 1628 stammendes Gasthaus, finde es reinlich und ehrbar.

Acht Uhr früh rückte ich fort. Nyon nebst verschiedenen Landschlössern streifend, gelangte ich um elf nach Coppet, wo ich mir Salat und Fleisch gönnte. Der Wirt, ein Südamerikaner, richtete allerlei Fragen an mich.

Eine Elegante stand am Büfett; ich fand innert drei Minuten genügend Augenschmaus an ihr, sie fühlte es, rieb sich den Rücken.

Drei Uhr nachmittags zog ich in Genf ein, verfügte mich in ein Café und stoße dann auf einen Alten, der hier bei seinen Kindern wohnt und nicht glücklich dabei ist.

«Unstimmigkeiten kommen vor», such' ich ihn zu beruhigen. Ein Plakat läßt in weithin sichtbarer Schrift lesen: Borgia s'amuse. Dies weist auf eine Kinovorstellung hin.

Was kann man in Genf tun? Allerlei! zum Beispiel in eine Konditorei gehen und fragen, ob's erlaubt sei, sogleich sich an süßen Stücken zu erquicken.

Hierauf die Altstadt aufsuchen, an Kirchen emporstaunen und an Calvin denken. Eine Marmortafel mahnt an den hier einst predigenden Schotten John Knox.

Man kann eine Tafel Schokolade einem Schulkind schenken, das eben in eine Türe treten will, hierauf eine Kunsthandlung besichtigen, etlichen Wirtschäftchen die Ehre antun, eine Appenzellerin antreffen und sie fragen, wo das Theater liege.

Unter Denkmälern ragen hervor die Statuen von General Dufour und dem Herzog von Braunschweig. Ein Monument lautet auf den Eintritt Genfs in die Schweizerische Eidgenossenschaft.

Man merkt sich Museen, vornehme Privathäuser, findet daneben manches Mädchen hübsch, kommt vor das Hôtel de ville, geht in dessen Vorhof, findet denselben auffallend schön.

Einer jurassischen Kellnerin Artigkeiten zu sagen schien mir am Platz, und einen jungen Aargauer anzutreffen nahm ich als ein Spiel des Zufalls. Wir gehen durch ein riesiges Warenhaus, setzen uns in frischer Abendluft großstädtisch vor ein Café.

Genfs Einwohner scheinen weltgewandt und freundlich. Ich kaufe Mandeln, gebe sie Knaben, entzieh' mich meiner Begleitung, da ich mich jedesmal in neuer Umgebung schnell einlebe, saß dann im Petit Casino, wo Komödie gespielt wurde, stöbere eine Bar auf, worin getanzt wird.

Beim nächtlichen Herumpromenieren kam ich auf die kleine Rhône-Insel, die das Denkmal Rousseaus schmückt, zog den Hut vor dem Unbeweglichen, der viel Bewegung hervorrief.

Ihre Lage am See gibt der Stadt etwas Sanftes, Stilles. Vornehme Hotels stehen an den Quais. Die Brücken, über die du schreitest, erheitern dich. Einer Schlanken schaut' ich lange nach, sie glich jemand.

Im Schweizerhof fand ich spät noch zu mäßigem Preis erwünschte Unterkunft. Die Rückreise geschah per Eisenbahn, die den Weg, für den ich zwei Tage brauchte, in viereinhalb Stunden zurücklegte.

DER IDIOT VON DOSTOJEWSKI

Mir läuft der Inhalt von Dostojewskis «Idiot» nach. Schoßhündchen interessieren mich sehr. Ich suche nichts so lebhaft wie eine Aglaia. Leider nähme die aber einen andern. Unvergeßlich bleibt mir Marie. Blieb ich nicht schon früh innig einmal vor einem Esel stehen? Wer stellt mich einer Generalin Epantschin vor? Auch über mich wunderten sich schon Kammerdiener. Fraglich bliebe, ob ich so hübsch schriebe wie der Sproß des Hauses Myschkin und ob ich Millionen erbte. Prächtig wär's, von einer Schönen ins Vertrauen gezogen zu werden. Warum sah ich noch kein Kaufmannshaus wie das Rogoschinsche? Weshalb leid' ich nicht an krampfhaften Anfällen? Der Idiot war schmächtig, rief nur geringen Eindruck hervor. Ein guter Junge, vor dem eines Abends die Halbweltdame kniete. Ich erwarte bestimmt etwas Ähnliches. Koljas kenn ich zwei bis drei. Ob nicht auch ein Ivolgin anzutreffen wäre? Eine Vase umzuwerfen wär' ich imstand; hieran zweifeln hieße Selbstunterschätzung üben. Eine Rede zu halten ist ebenso schwierig wie leicht; es kommt auf Inspiration an. Leute, die sich nie genügen, begegneten mir oft. Manchem ist nicht wohl, weil er sich zu sehr gefallen will. Hierauf käm' ich ins Institut Schneider. Vorerst müßte Nastasia beruhigt werden. Ich bin absolut nicht idiotisch, vielmehr für alles Vernünftige empfänglich; bedaure kein Romanheld zu sein. Solcher Rolle bin ich nicht gewachsen, lese bisweilen nur etwas viel.

PARISER BLÄTTER

Seit ich Pariser Blätter lese, denen ein Duft von Macht entströmt, bin ich so vornehm, daß ich Grüße nicht erwidere und weiter darüber gar nicht staune. Mit dem «Temps» in der Hand erschein' ich mir sehr elegant. Rechtschaffene Leute werd' ich fürderhin keines Blicks mehr würdigen. Die Pariser Blätter ersetzen mir das Theater. Auch nicht das feinste Restaurant beehr' ich mehr mit meinem Fuß, so subtil wurde ich. Kein Schluck Bier kommt mehr über meine Lippen. Mein Ohr billigt nur noch den Wohllaut des Französischen. Ich betete einst eine Dame an, eine wahre Lady; ich finde sie heute in dem Maße ungeschickt, als mich der «Figaro» verwöhnt hat. Machte mich nicht der «Matin» halb närrisch? Indessen sich meine Kollegen in heutiger Krisiszeit müde schreiben, wurd' ich durch meine Blätter übermütig. Eine Reise nach Paris, die ich mir vornahm, betracht' ich als erledigt, ich lernte Frankreichs Hauptstadt auf dem Weg des Lesens kennen. Angenehm ist's, in guter Gesellschaft zu sein. Den besten Umgang bilden die Blätter von Siegern. Deutsches Spracherzeugnis findet keine Gnade mehr vor mir. Ich habe verlernt, Deutsch zu reden; ob das wohl was schadet?

GERDA

Daß mich immer wieder etwas beschäftigt. Man wird nie fertig, und dabei kränkle ich. Ein anderer würde nachdenklich.

Diesmal ist's eine Gerda. Welch hübschgekräuselter, naiver Name.

Ihr Vater machte sich durch Haudegentum kenntlich. Gerdas Mutter, eine Sängerin, hielt es beim Schroffauftreter so lange aus, bis sich zwingende Gründe genug aufgehäuft hatten, die ihr das Recht gaben, zu sagen: «So, jetzt wird geschieden.»

Sie ging zur Bühne und riß allabendlich, das heißt, jedesmal, wenn sie die Güte hatte, keine Entschuldigungen vorzubringen, nicht abzusagen, sondern aufzutreten, ein auf ihren Gesang lauschendes Publikum zu stürmischen Ovationen hin.

Der Barschauftreter führte inzwischen das langweiligste Dasein.

Eines Abends saßen Vater und Tochter auf der von angenehm temperierter Luft umsäuselten, umlöckelten, mit zierlichem Geländer geschmückten Terrasse, sie töchterchenhaft in vielversprechende Ferne träumend, er im Anzeiger eine Annonce lesend.

«Sollte sie das sein?» stieß er hervor und machte sich gleich anderntags auf die Beine und besuchte sie, nämlich die zur Kunst Übergegangene, die er natürlich immer noch liebte, obschon er immer nichts wie knotiges Auftreten für sie übrig gehabt hatte.

«Wen darf ich anmelden?» fragte der Bediente.

«Einen Ehrenmann», erwiderte der, der sich unbedingt dafür hielt.

Es dauerte lange, bis er zu derjenigen vorgelassen wurde, die er unzähligemal angeherrscht hatte, was er vorsichtshalber besser hätte unterwege lassen sollen. «Sie wünschen?» fragte sie mit all dem Goldton und Silberklang einer durch und durch geschulten Sängerinnenstimme, und in dem Augenblick hielt sie auch, ob's passend war oder nicht, mag unentschieden bleiben, ihren

Geliebten mit der Kraft im Arm, die Damen eigen ist, die zu altern anfangen und hievon im Innersten nichts wissen wollen.

Es war dies ein Landwirt Horst!

Nicht wahr, Leser, es ist unmöglich, über den sattsam bekannten Liebhabernamen nicht schnell ein bißchen zu lächeln.

Horst schien wie zerdrückt vor Umarmtheit, man sah kaum noch etwas von ihm.

Indem sie den vor ihr Stehenden erkannte, sprach die Meisterin der Situation zum Draufgänger:

«Was willst du nun noch, nachdem ich mich aus eigenen Mitteln zu neuer Lebensform und -weise durchgerungen?»

Eine Weile blieb er wortlos, worauf er nicht viel anderes vorbrachte, als:

«Ich habe hier nichts zu suchen.»

«Angenehm, daß du das einsiehst.»

«Nur noch dies: Denke an deine Tochter, die dich liebt, und für die dein Geliebter, der dir ja doch untreu werden muß, vermutlich eine Partie abgibt.»

«Kamst du hierher, Unhöflicher, Unleidiger, mir so gut Grobheiten wie Wahrscheinlichkeiten ins Gesicht zu werfen, vor dessen sieghaftem Ausdruck du zittern solltest? Mach, daß du gehst!»

Er ging; denn seine Mission schien ihm erfüllt, und es kam, wenn auch nur allmählich und langsam, so, wie er andeutete.

In Gerda, diesem reizvollen Pflänzchen im zersplitterten Gärtchen, wuchs zum Entzücken desjenigen, der dasselbe auf dem Klavier akkompagnierte, ein ungeahntes Talent, sie sang so herrlich wie ihre Mama.

Horst hörte sie bei ihrem Erstlingsauftreten, und nichts wurde von da an so mächtig in ihm wie der unbefangenste Heiratsgedanke.

Doch, was vergaß ich? Ich übersah, zu sagen, sie habe Salvatini geheißen, die zu ihrem heißesten Schmerz ihren oft vor Liebe schier aufgegessenen Horst aus der Fessel freigeben mußte.

Unzählige Seufzer begleiteten die Einsicht in die Notwendigkeit der vornehmen Haltung und Handlung; sie gab sich ganz ihrem tönenden Werk, Gerdachen das Röllchen eines beglückten Hausfrauchens mit durchschnittener, aber vielleicht gerade darum noch schöner singenden Brust und gepreßten Atemzügen überlassend.

Horst erlebte eine wundervolle Strandnacht voll Geschäker, Geplätscher.

Gerda sagte ihm häufig: «Sei doch gescheit.»

Zuversichtlich bebaut er jetzt sein Land, daß Felder und Äcker vor rationeller Bearbeitetheit dampfen und schwitzen.

Sollte es Schöneres geben als liebenden Überschwang, zuerst zerklüftet, gebirghaft getürmt, dann geebnet, erleichtert, von Besonnenheit geglättet?

PFERD UND BÄR

DAS PFERD

So ein Pferd, hübsch geputzt, gesattelt, darf stolz sein. Welches Wesen besitzt straffere Beine? An des Pferdes edlem Auftreten ist kaum zu zweifeln. Mitunter blicken seine treuen Augen beinah etwas traurig. Warum? Weil es seine uns erfreuende Gestalt beklagt, weil es sich nicht versteht oder nur zu sehr? Es duldet seinen Reiter mit Würde, mit Ungeduld und Sanftheit, in reizender Empörtheit und zugleich Ergebung. Eine schöne Frau mit langherabfallendem Haar, die Gerte leicht in der behandschuhten Hand, träumend von ich weiß nicht was, faßt es beim Hals und Kopf, fährt ihm über die braune Haut, schaut es an, spricht mit ihm, und das Pferd sieht aus, als höre es das Anvertraute.

DER BÄR

Wie ist da der Bär anders. Schön in strengerem Sinn ist er nicht, womöglich eher etwas komisch in seinen patscheligen Bewegungen, gewandt und plump, man weiß nicht recht, wie man ihn aufzufassen hat. Er will dir seine Tatze reichen, du ziehst dich unwillkürlich zurück. Bedenkst du nicht, daß du ihn mit deiner Furcht verletzen könntest? Ein Bär besitzt Eigenliebe. Heute nacht träumte mir von einem Bären; ich wurde ganz zottig vor drolligem Traumbild. Ich hatte Mitleid mit ihm, er streckte seinen Arm nach einem Mädchen aus, sie das Feingefühl selber, er täppisch, nicht einmal gekämmt, dafür hätte er sorgen sollen. «Laß mich in Ruh», sprach sie, er ging aufrecht fort wie ein Rede und Winke begreifender Mensch, ging in's Bett, zog die Decke über sich.

DIE KELLERSCHE NOVELLE

Ich befand mich letzthin, etwas angeheitert, falls das nicht zu beschönigend gesprochen ist, doch drückt man sich gern gewählt aus, in einem unserer Restaurants und trank zur Wiedergewinnung schärferer Besonnenheit Kaffee.

Da merkte ich, daß mir eine Dame von sehr üppiger Erscheinung ziemlich nah gegenüber saß, Kotelett und Bohnen essend. Ich fing an, sie zu beobachten, und kostete die Genugtuung, wahrzunehmen, wie sie mit Miene und leise sich bewegendem Fuß auf den Versuch einging, Unterhaltung zu machen. Gott, mit irgendwas zerstreut man sich halt! Die beidseitige Korrespondenz gedieh trefflich. Mir fiel ein, bis zum Zeitungsständer zu spazieren, ich könne, dacht' ich, die Verehrte dabei womöglich zart streifen. Ich wünschte, sie ließe vielleicht gütig irgend etwas fallen, etwa das Taschentuch, ich würd's ihr aufheben und gelänge zu ihr in nettere, heimeliche Beziehung. Sie besaß ein rundliches, gutherziges Gesicht, geschmückt mit allerliebstem Mündchen. Welcher Empfindsame sähe solches und spürte nicht Anpassungslust! Zu meinem nicht kleinen Erstaunen enthielt die Zeitung, die ich mir geholt hatte, den Abdruck der Kellerschen Novelle: «Romeo und Julia auf dem Dorfe.» Ich fand den Zufall interessant und las, was er mir in die Hand spielte, und sank so ins Lesen, und Gedanken aller Art umfingen mich derart, daß ich die engere Umwelt, samt der Schönen in derselben, total vergaß. Etwas wie eine Heiligkeit, zwanglos aus den wundersamen Zeilen steigend, die wohlig-berghaft gestellt, nicht geschrieben, nein, recht eigentlich gedichtet schienen, lebte um mich. Mitunter schaut' ich umher; die Alltagsgestalten wurden simpler und bedeutender, und mich selbst empfand ich als ein Ergebnis ernsthafter Verjüngung, wie es auch nicht anders zugehen konnte beim Aufnehmen so edlen, erzählenden Gehaltes. Besonders schön war mir die Stelle, wo der Dichter, die Feder mit einem aus Schwergewicht und Grazie überaus reizvoll vereinigten Können handhabend, sich über den

Unsegen nebenher verbreitet, den Aneignung unrechten Gutes aufs Menschenleben nach sich ziehen muß, und ebenso schön, wenn nicht rührender, das Einfügen oder Anmerken, welches andeutete, wie die Trinker in der romantisch gelegenen Vagantenbude Vreneli und Sali, die beglückten Unglückseligen, um ihrer sichtlich-tiefen Neigung willen, so ehrlich bemitleideten wie beneideten. Ich war quasi auf mich still-stolz geworden, daß ich trotz viel inzwischen Erlebtem, immer noch, ganz wie in frühern Jahren, dem Lauf und den Windungen des Geschichtsstromes, der in so großer Form, wie sie ihn auszeichnet, sicher zum reichsten Nationalgut gehört, nachzugehen vermochte, fühlend, wie wichtig solches Gehorchen und Genießen nicht für mich allein, sondern für Landsleute überhaupt sei, und ich wunderte mich dann auch nicht im geringsten, daß ich beim Ummichblicken die Dame, mit der ich geliebäugelt hatte, nicht mehr im Saale sah, fand es recht vernünftig, sogar feinsinnig von ihr, daß sie in der Zeit, die ich zur Belebung von Herz und Geist weidlich ausnützte, weggegangen war, weiblich offenbar erkennend, daß ich mich von Stärkerem und gar noch Lieblicherem beeinflussen ließ, als was sie darzubieten haben mochte. Ihr unabsichtlich entschlüpfend, brauchte ich mir nicht vorzuwerfen, ich hätte sie schlecht behandelt: Schöneres entwand mich Schönem...

KURT

Kurt war ein Grobian, wenigstens wurde er als solcher empfunden. Er besserte sich und wurde ein Snob. Als Snob war er gröber denn als Grobian. Aber ich will nicht

Anekdoten erzählen, sondern Analyse treiben. Irgendwo gibt's eine Revue, worin sich nur Verheiratete blicken lassen dürfen. Ich muß eilen und mich verheiraten. Kunigunde sitzt einsam im Kaffeehaus, weint sich ob meiner Unerbittlichkeit die Augen aus. Ich glaube folgendes: Mein Geist wird im Ehebett seine Auferstehung feiern. Letzthin erhielt ich einen Brief. Was stand darin? Die rührende Bitte, ich möchte nicht dem bösen Beispiel Gottfried Kellers folgen. Hahn im Korbe zu sein, sei so schön. Ich antwortete: «Eine dörfliche Üppige steht mir zur Verfügung.» Ich soll sowohl zu einer Ehehälfte, wie zu einem Kunstwerk kommen. Das beste wird sein, ein Kind zu zeugen und das Produkt einem Verlag anzubieten, der es kaum ablehnen wird. Meine Frau wird mich täglich mit Vorwürfen bedecken, einen Überzieher kann man jetzt ja brauchen. Von dem Kind werd' ich lernen. Welche verheißungsvolle Zukunft!

IBSENS NORA ODER DIE RÖSTI

Debütierte da einmal ein Schauspieler in der Rolle des Helmer. Im fünften Akt, da er jenen Brief gelesen hatte, lächelte er, nahm sichtlich die Situation gar nicht tragisch, vielmehr sagte er pomadig: «Liebe Nora, weißt du was? Mach' mir rasch noch eine Rösti.» Sonderbare Sprache, auf die das Publikum atemlos lauschte. Nora war entsetzt. Wie konnte ihr Gatte sein Zaghaftigkeitsgewändchen so auf einmal ablegen? Unter den Zuschauern machte sich Unruhe bemerkbar. Obiger so hausbackener Wunsch, in einem tiefbedeutsamen Augenblicke ausgesprochen, schien allen sehr eigentümlich, doch zischte niemand. Von Bratkartoffeln zu reden, wo Werte umgewertet werden sollten, war arg. All die großzügigen Noraworte unterblieben. Nachlässig, wie ein Weltmann von Erprobtheit setzte sich Helmer auf die Tischkante. Ob er wirklich jetzt eine Rösti möchte, sie vermöge es kaum zu glauben, stammelte Nora, und sah scharmant aus in ihrer Verblüfftheit. «Was ich sprach, ist wahr», versetzte ihr Partner. Das Stehparterre wiegte die Köpfe. Plötzlich war Nora vom Wunderbaren durchdrungen; das Publikum war paff. Sie war zufrieden, weil Helmer etwas Unerwartetes gesagt hatte. Zwar applaudierte man ihm nicht, ließ ihn sich aber gefallen.

SCHAUFENSTER (I)

So in Schaufenster zu gucken, wem machte das nicht Vergnügen? Flüchtig nascht man mit dem Blick Schokolade.

Hier interessieren dich Hüte, dort Krawatten, anderswo Wiener und Frankfurter Würste. Schönstes erhält man mitunter gratis, wie zum Beispiel den Anblick von Abbildungen nach berühmten Meistern.

Appetitlich liegen Veilchensträußchen mit ihrem klugen Violett neben Orangen. Unsere Augen verschaffen uns eine Menge Freuden.

In Antiquitätenläden sind Schweizerschlachten ausgestellt. Man staunt, wie's da bös zuging. Die Möglichkeit, das Leben von der besseren Seite zu genießen, muß mit Anpacken erstritten werden.

Ich nehme Nahrhaftes wahr, wie Emmenthaler und Greyerzer Käse.

Modegeschäfte deuten aufs vorteilhafte Äußere hin.

Gut gekleidet sein kann nie schaden. Aß ich nicht schon oft in einer Bäckerei an der Aarbergergasse ein Äpfelmütschli?

Kaffeestuben locken den Eilenden mit Schenkeli und Pfannkuchen. Korsetts und so weiter aufmerksam anzuschauen, ist nicht fein für einen Herrn. Einem Journalisten aber wird's erlaubt sein.

Mädchennastüchli sind allerliebst bestickt. Um eines Taschentuches willen machte Othello seiner Frau eine Szene.

Früh schon wurde mir gesagt, Schuhe habe man Damen nicht zu schenken; sie kauften sich solche schicklicherweise selbst.

Juwelierläden glitzern mit Ringen, Spangen und Halsketten. Papeterien halten dir die Nützlichkeit vor Augen, hie und da mal einen Brief zu schreiben.

Neulich sah ich bei einem Trödler ein elfenbeinernes Christusbildchen, waagrechte Arme ausstreckend, mit durchlöcherten Füßen.

Hier hab' ich wieder einmal nur skizziert; eigentlich wär' ich zu mehr verpflichtet.

WÖRISHÖFER

Ich las in meiner Knabenzeit die Bücher von Wörishöfer, von denen mir eines, um der Illustrationen willen, die es enthielt, im Gedächtnis blieb. Ein junger Deutscher nahm von seiner ins Kostüm der Bismarckzeit gezwängten Mutter Abschied und fuhr per Schiff nach Madagaskar, wo sich ihm Gelegenheit bot, eine Probe seiner Geschicklichkeit dadurch abzulegen, daß er mit seiner Büchse, die ihn stets treulich begleitete, was vielleicht nicht ganz fachmäßig ausgedrückt ist, da Flinten nicht mitlaufen, sondern umgehängt werden, ein Krokodil erlegte, das nach einem Eingeborenen schnappte. Das Untier hatte schon den Rachen geöffnet, um zu tun, worüber es sich kaum Rechenschaft abgelegt hätte, da fiel rechtzeitig der Schuß, der sogenannte heilige Teich färbte sich rot, das gefräßige Wesen verendete, und dem armseligen Individuum, das einem Wahn geopfert werden sollte, war das Leben gerettet. Dafür geriet nun des Jünglings Leben in Gefahr; die Leute hielten, was er in seiner Menschlichkeit getan, für Sünde; ringsumher erhob sich ein Gemurr, er müsse sterben. Zum Glück konnte er aber entfliehen, und wir sehen ihn neuerdings vom treuen Anhängsel, um nicht Begleiterin zu sagen, Gebrauch machen, und zwar durch Schlangenniederknallen. Das respektable Reptil hatte nichts Geringeres im Sinne, als seinen Bedienten zu verschlucken, wurde aber vom Stutzer dran verhindert, indem ihm derselbe den Rest gab. Weiter ging es durch beschlingpflanzte, beleopardete, affenbeherbergende Urwälder. In einem Negerreich und -dorf war die Fürstin gestorben. Infolgedessen beduselte sich der Herr Gemahl, das war so Sitte, schon die Urgroßväter hatten sich in derselben geübt. Da fing er an zu tanzen, Sklaven mußten ihn nachahmen, und er hieb ihnen, so ungern sie's geschehen lassen mochten, die Köpfe ab. Ein Häuptling wischte seine vom Essen fettigen Finger in Ermangelung einer Serviette am prächtig bekräuselten Kopf eines Untertanen ab. Nachdem eine am Beine eines Kamels sich emporringelnde Aspis zur Nachtzeit unschädlich gemacht worden war, konnte nach dem wesentlich von Unbilden gereinigten Europa zurückgedampft werden, wo die auf solch unternehmenden Sohn stolze Mutter ihn mit einem Freudeausruf in die Arme nahm, indem sie ihn bat, in Zukunft zu Haus zu bleiben.

EIN VORBILDLICHER

Einer meiner Mitschüler war schon als Knabe furchtbar ehrbar. Wir übrigen achteten ihn gering; seine Folgsamkeit war uns zuwider. Auch war kaum Fleisch an ihm; vor Dünne schien er durchsichtig; ging einher wie ein Stöckchen, entsetzlich manierlich und zierlich. Zu Streichen war er nicht zu brauchen. Über andere, zum Beispiel über Grüring, konnte man lachen, der über das Gedicht «Firdusi» stolperte. Jener aber gab nicht zum leisesten Gelächterchen Anlaß. Er war daher kaum vorhanden, obgleich seine Schmächtigkeit genug auffiel, worin er nach dem Höchsten zu streben schien. Seine Eltern wohnten im Neuquartier. Der Vater war Notar; die Mutter geizte im Zeigen körperlicher Fülle so lebhaft wie ihr Muster von Sohn. Die Erinnerung an seine Gesetztheit schmerzt mich. Dürfen wir Menschen so uninteressant sein? Wie machten uns die Witze eines Schülers lachen, der als Schlingel galt und den dies Renommee nicht hinderte, ein braver Mann zu werden. Er benimmt sich heute, als hätte er nie etwas Übermütiges im Sinn gehabt. Der andere wurde für seine Fehllosigkeit gezüchtigt. Gott macht sich aus menschlicher Unsträflichkeit nicht viel. Was gaben uns nicht die sogenannten Dummen für fortgesetzte Unterhaltung. Bedankten wir uns bei ihnen dafür? Nein; aber wir hatten sie lieb, wir achteten sie, ohne daß sie uns imponierten. Sie galten etwas; indes der nichts als Strebsame von uns wie ein Fremder empfunden wurde. Wie garstig ist's, so einwandfrei zu sein. Nach längerer Abwesenheit in die Stadt zurückkehrend, die mich aufwachsen sah, vernahm ich, daß er Mißgeschick erlebt habe. Sein Steigen brachte ihn zu Fall, und die gute Meinung, die er bei seinen Mitbürgern genoß, fiel mit ihm hin. Sind nicht auch Treffliche treffbar?

ÜBER FRÜHE THEATEREINDRÜCKE

Eine der ersten Theatervorstellungen, die ich sah, war «Fiesko» von Schiller. Die Hauptrolle spielte der Direktor selber und prangte in den herrlichsten Kleidern. Die Damen trugen roten und schwarzen Samt. Was für bestrickende Gesichter! Wie reich dünken uns frühe Eindrücke in spätern Jahren. Jungen Köpfen erscheinen Kunst und Leben so interessant. Fiesko trug ein reizvoll geringeltes Schnäuzchen und sprach wunder wie stolz. Ich fand seine Sprache unübertrefflich, indes mir der sittenstrenge Vater, der mit seiner Tochter freilich hart genug verfuhr, Respekt abrang. Mehr lückenhaft als eindrucksvoll wirkte eine Volksgruppe auf mich. Der am Mantel gezerrte Herzog fiel polternd ins Wasser. Eine zerknitterte Leinwand stellte das Meer dar. Es braucht nicht viel, um an eine Szenerie zu glauben. Im «Freischütz» machte ein Sänger aus der Wolfsschlucht in der Wucht des Vortrages eine Wolfsschälucht. Was trug nicht im «Othello» der eifersüchtige Mohr für einen farbenreichen Schlafmantel. Jago kam in schmachtenden Haarsträhnen heuchlerisch daher; sie verliehen ihm das Aussehen eines recht sehr einfältigen Denkers; denkenden

Einfaltspinsels. Der Liebende sprach im Racheakt wundervolle Worte, bei deren Klang das Prachtbett zitterte. Auch eine Hamletaufführung erlebte ich zu den Zeiten, da ich in Gegenwart von mich einigermaßen interessierenden Personen den Sprachgebrauch nicht wagte. Den Hamlet-Gast verehrte ich schon seines edelklingenden Namens wegen und hätte viel gegeben, wenn ich hätte denken dürfen, er nehme während des Spiels Notiz von mir. Seine Gebärde war so schön, Ophelia so zart. Der König sprach flüsternd, die Mutter vorzugsweise ängstlich. Laertes war groß, das Antlitz wie von der Gerechtigkeitsliebe bepurpurt. Worte auszusprechen wie etwa: «Der Süßen Süßes – –» und was ihnen folgt, muß das für eine Schauspielerin nicht beinah ein Glück sein?

LEHRER UND DIENSTMANN

Nur nicht Dienstmann werden, nur das nicht, und warum nicht? Weil der Dienstmann vor dem Hauslehrer, den er einst zum Haus hinausjagte, knien muß. Als der Lehrer flog, garantierte er es ihm, und so kam es auch.

Der eigenen Tochter Pakete nachtragen! Täte ich so etwas, ich stürbe auf der Stelle, ja, ich gäbe bei der bloßen Zumutung den Geist auf.

Verlorne Söhne sind durchaus faßbar. Ein verlorener Vater aber verliert vor Scham den Bart. Er hebt ihn auf, setzt ihn wieder ans Kinn und wischt sich die Augen.

Ich ertrug den Anblick des Rührstücks mit Würde, hielt Unglaubliches gelassen aus. Eine Artistin schluchzte; einen Schwerarbeiter trieb die Ergriffenheit hinaus. Wie's in Rezensionen heißt, lagen die Rollen in guten Händen.

Der Elegant von einst überbot an Uneleganz alles, schaute schlotternd umher, ob der Schlichte von vorher käme, der in einer Eleganz anlangte, die ihresgleichen suchte.

Wer einst selbstbewußt dreinschaute, blickte kläglich aus, und wer vormals demütelte, der herrschelte jetzt.

«Vater, du sankest zum Taglöhner herab», sprach die Tochter. Ersterer sagte: «Tochter, mir fiel vor Gram der Bart ab.»

Die Rührung auf der Bühne und die Gerührtheit im Zuschauerraum paßten wie zwei Apfelhälften aufeinander.

Indem ich den Hauslehrer um Vergebung bittenden Vater erträglich fand, mußt' ich mich bewundern. Mein Benehmen war lordhaft. Der Direktor flüsterte mir zu: «Winkler reißt's jedesmal heraus.» Ich nickte.

Im Saal war's mäuschenstill.

O, das war ein Eindruck, sag' ich Ihnen! Einen reicheren hatt' ich nie!

Nun wurde geklatscht; die Spieler bedankten sich und heimsten Lohn ein.

DER ONKEL

Eine gewisse Frau Schmeichel hatte zwei heiratsfähige Töchter und erinnerte sich auch noch eines Onkels, sie könne von ihm profitieren. Unser Onkel hieß Stiesel, und er freute sich an seiner Stieselei wie an der Sonne. Damit er sich nicht langweile, schickte ihm Frau Schmeichel eine der Töchter ins Haus, das von einem Vögeligarten umgeben war, aus dem es den ganzen Tag nur so herauszwitscherte. Onkel Schenkel begrub die Ankommende unter lauter Geschenken, wie denn in dieser Geschichte die Gegenstände nur so herumflogen, die zu Geschenkzwecken dienten. Auf jeder Druckseite wurde irgend etwas eingepackt. Onkelchen erhielt für die Beweise von Abwesenheit aller Grobheit ein Nichtchenküßchen, das ihm durch die Adern rann. Sodann setzte sich der Wildfang noch auf des von Lebensglück bei Erreichtheit einer gewissen Anzahl von Jahren beinah bebenden Stiesels Schoß, der beim ungeahnten Erfölglein beim Vöglein Augen wie Fünffrankenstücke machte. Die Beonkelung, die ihr zuteil wurde, schmeckte der Helma sehr, aber da ging die Türe unvermutet auf, und eine Erscheinung trat ein, die sich als die eines Referendars auswies, wodurch dem onkeligen Entzücken ein Ziel gesetzt wurde. Sie fühlte, sie eigne sich zu Besserem als zum Bestieseltwerden, ging ihrem Zukünftigen entgegen, und der Onkel und die Vögel draußen im Garten bestätigten das Ereignis.

DER AFFE

Zart, doch gewissermaßen hartherzig, gilt es eine Geschichte anzupacken, die kundgibt, es sei eines Tages einem Affen eingefallen, ins Kaffeehaus zu laufen, um dort Zeit zu verhocken. Er trug auf dem durchaus nicht unintelligenten Kopf einen steifen Hut, es könnte auch ein Schlapphut gewesen sein, und an den Händen die elegantesten Handschuhe, die je in einem Herrenmodegeschäft zur Schau lagen. Der Anzug war tipp-topp. Mit ein paar eigentümlich gewandten, federleichten, an sich sehenswerten, ihn aber ein wenig bloßstellenden Sätzen befand er sich im Teeraum, den eine einladende Musik, gleich dem Gesäusel von Blättern, durchrauschte. Der Affe war in Verlegenheit, wohin er sich setzen solle, ob in einen bescheidenen Winkel oder ungeniert in die Mitte. Er zog letzteres vor, weil ihm einleuchtete, daß Affen, falls sie sich manierlich aufführten, sich sehen lassen dürfen. Melancholisch und doch auch freudig, unvoreingenommen und zugleich schüchtern, schaute er rings um sich, manches hübsche Meitschigesichteli entdeckend, mit Lippen begabt, wie von Kirschensaft gebildet, und Bäkkeli, wie geformt aus lauter Schlagsahne oder Nidle. Schöne Augen und wohlklingende Melodien wetteiferten miteinander, und ich vergehe vor Erzählerwürde und -wonne, wenn ich mitteile, daß der Affe die ihn bedienende Kellnerin mit heimatlichem Anklang in der Sprache fragte, ob er sich im Haar kratzen dürfe. «Tun Sie's beliebig», erwiderte sie freundlich, und unser Kavalier, falls er diese Benennung verdiente, machte von der Erlaubnis so ausgedehnten Gebrauch, daß anwesende Damen teils lachten, teils zur Seite schauten, um nicht mitansehen zu müssen, was er sich herausnahm. Als sich eine sichtlich liebe Frau an seinen Tisch setzte, fing er auch sogleich an, sie aufs geistvollste zu unterhalten; er sprach vom Wetter, hernach von Literatur. «Das ist ein ungewöhnlicher Mensch», dachte sie bei sich, indes er seine Handschuhe in die Luft benggelte und geschickt auffing. Zu einer entzückenden Grimasse verzog er den Mund, als er rauchte. Die Zigarette kontrastierte lebhaft mit der herben Gesichtsfarbe.

Preziosa hieß das Mädchen, das nun in Begleitung einer Pomeranze von Tante wie eine Ballade oder Romanze in den Saal trat, und von da an war es um die Ruhe des

Affen geschehen, der bisher nie erfahren hatte, was Liebe heißt. Jetzt erfuhr er es. Alles dumme Zeug war plötzlich aus seinem Kopf weggefegt. Mit festem Schritt ging er auf die Auserkorne zu und begehrte sie zur Frau, ansonst er Sachen anstelle, aus denen man ersähe, wes Geistes Kind er sei. Die junge Dame sprach: «Begleite uns nach Hause. Zum Gemahl wirst du zwar kaum taugen. Wenn du dich gut benimmst, bekommst du jeden Tag einen Nasenstüber. Du strahlst! Das erlaub' ich dir. Du wirst zu sorgen haben, daß ich mich nie langweile.»

Derart redend erhob sie sich so würdevoll, daß den Affen ein schallendes Lachen ankam, wofür sie ihn ohrfeigte.

Zu Hause angekommen, setzte sich die Jüdin, nachdem sie die Tante mit einer Handbewegung entlassen hatte, auf ein mit goldenen Füßen versehenes, kostbares Sofa und ersuchte den in malerischer Haltung vor ihr stehenden Affen, ihr zu erzählen, wer er sei, worauf die Summe von Affigkeit sprach:

«Ich schrieb einst auf dem Zürichberg Gedichte, die ich der Bewunderten hier im Druck vorlege. Obgleich Ihre Augen mich niederzuschmettern suchen, was unmöglich ist, da mich Ihr Anblick immer wieder aufrichtet, ging ich doch ehemals oft in den Wald zu meinen Freundinnen, den Tannen, blickte zu ihren Wipfeln empor, streckte mich ins Moos, bis ich vor Munterkeit müde und vor Lustigkeit melancholisch wurde –»

«Faulenzer!» warf Preziosa ein.

Der Freund des Hauses, als den er sich schon zu betrachten erkühnte, fuhr fort, indem er sagte:

«Ich ließ einmal eine Zahnarztrechnung unbeglichen, im Glauben, daß es mir trotzdem im Leben gut gehen würde, und saß Frauen aus besseren Volksschichten zu Füßen, die mir manches wohlwollend gewährten. Alsdann mag Ihnen mitgeteilt sein, daß ich im Herbst Äpfel auflas, im Frühling Blumen pflückte und zeitweise dort wohnte, wo ein Dichter namens Keller aufwuchs, von dem Sie kaum schon je etwas vernommen haben werden, obschon Sie's nötig hätten –»

«Unverschämtheit!» rief die Gnädige. «Ich hätte Lust, Sie dadurch unglücklich zu machen, daß ich Ihnen den Laufpaß gäbe, will mich aber Ihrer erbarmen. Wenn du aber nochmals ungalant wirst, hast du ein für allemal in meiner Gegenwart geatmet, kannst dich dann umsonst nach mir sehnen. Jetzt fahre fort.»

Er setzte von neuem an und ließ vernehmen:

«Ich gab den Frauen noch nie viel, deshalb schätzen sie mich. Auch Ihnen, Fräulein, merke ich Hochachtung vor dem einfältigsten Tropf an, der von jeher Damen deshalb Unartigkeiten sagte, damit sie ihm zürnten und sich nachher wieder zufrieden gäben. Ich kam als Gesandter nach Konstantinopel –»

«Nicht schwindeln, Herr Aufschneider –»

«— und erblickte eines Tages auf dem Anhalter Bahnhof eine Hofdame, das heißt, ein andrer nahm sie wahr, ich saß neben ihm im Coupé, er teilte mir die Wahrnehmung mit, die ich Ihnen hier auftische, obschon nur bildlich, da kein Tisch da ist, wiewohl ich mich nach einem vollbesetzten sehne, da ich Appetit habe, nachdem ich die Probe meiner Redekunst ablegte.»

«Geh in die Küche und trage die Teller auf. Ich will inzwischen deine Verse lesen.»

Er tat, was ihm befohlen wurde, ging in die Küche, konnte sie aber nicht finden. Ging er denn hinein, ohne daß sie ihm zu Gesicht kam? Hier schlich sich ein Schreibfehler ein.

Er ging wieder zu Preziosa, die ob seinen Gedichten eingeschlafen war, die dalag wie ein Gebilde aus morgenländischen Märchen. Eine ihrer Hände hing herab wie eine Traube. Er hatte ihr berichten wollen, wie er in die Küche gegangen sei, ohne daß er sie zuvor fand, wie's lange, lange in ihm stumm wurde, aber ein unabweisliches Drängen ihn zur Imstichgelassenen zurückgetrieben habe. Er stand vor der Schlummernden, kniete vor der Schönheit Heiligtum hin und berührte die Hand, die ihm wie ein Jesuskind erschien, zu schön, um sie anzufassen, bloß mit seinem Atem.

Während er noch ehrfürchtelte, was man ihm gar nicht zugetraut hätte, gingen ihr die Augen auf. Sie wollte ihn vieles fragen, sagte aber bloß: «Du scheinst mir gar kein richt'ger Affe. Sage, bist du monarchisch?»

«Weshalb sollt' ich das sein?»

«Weil du so geduldig bist und von Hofdamen sprachest.»

«Ich wünsche nur artig zu sein.»

«Es scheint, du bist es.»

Am andern Tag wollte sie von ihm wissen, wie man glücklich würde. Er gab ihr die erstaunlichste Antwort. «Komm, ich will dir einen Brief diktieren», sagte sie. Während er schrieb, guckte sie ihm über die Schulter, ob er alles treulich hinsetze. Hui, wie er flink schrieb und mit gespitztester Achtung auf jede ihrer Silben horchte. Wir lassen sie korrespondieren.

Im Käfig stolzierte ein Kakadu.

Preziosa dachte an etwas.

DER ENGEL

So ein Engel tut gut, wenn er wartet, bis man ihm mitteilt, man bedürfe seiner. Das dauert manchmal länger, als er ahnt, er muß sich eben auch mäßigen, darf nicht meinen, er sei unersetzlich. Ich möchte nicht er sein, den ich zum Engel machte. Ich vergöttlichte ihn, damit er mir nirgends mehr begegne, bildhaft-unveränderlich sei, ich stets hinblicken dürfe, je nach Bedürfnis und Belieben, Mut aus dem Anblick holend. Er tut mir beinah' leid, er hat geglaubt, ich sei neugierig, werde hinter ihm herlaufen, indes ich ihn quasi in der Tasche habe oder wie ein Band um die Stirne. Ich geh nicht mehr zu ihm, sein Wert umgibt mich, mit seinem Licht seh' ich mich umstrahlt. Wer zu geben verstanden hat, wußte auch zu nehmen. Beides will geübt sein. Er entstand aus Mitleid, doch kann geschehen, daß ich Flehender mit ihm spiele. Er zweifelt, ihm bangt. Bald bin ich gläubig, bald ungläubig, und er muß es dulden, der Liebe.

BRIEF AN EDITH

Falls Du mir Gehör schenktest, würd' ich Dich wissen lassen, daß ich beim Mittagessen, das aus Kaffee und Kuchen bestand, drei Wespen tötete. Die Tat tut mir leid, aber sie machten mich mit ihren boshaft aussehenden Leibern so nervös. Man überläßt nicht gern unverschämter Annäherung, was man lieb hat, und so findest Du mein Verhalten vielleicht verzeihlich.

Ich lief alsdann aufs Land, kam durch Wäldchen, wo ich mich umständlich mit Dir unterhielt. Du machst Dir keinen Begriff, wie ich Dein ernsthaftes Gesicht schön finde. Indem ich wie ein Pferd so ging, sagte ich Dir viel Liebkosendes. Vielleicht bist Du mir die Liebste, weil ich nicht mit Dir sprach, Dir alle Worte schuldig blieb.

Eine Schar Schulkinder lächelte mich mit lustigen Gesichterchen an. Ich hörte einen Knaben zu einem jüngern sagen: «Böser, der du bist.» Du hättest die Wirkung dieser Schmeichelei sehen sollen. Machen uns nicht Vorwürfe oft stolzer als Lob?

Käs und Brot in einem Landgasthaus zu essen, vergnügt nicht weniger, als Feineres vorgesetzt zu bekommen in eleganter Umgebung. Angesichts eines Fußballkampfes sagte ich zu mir: «Nimm dir am Eifer ein Beispiel.» Zwei Türme tauchten mit einmal vor mir auf, an einem Gebäude war zu lesen: Marconi-Radio-Werk.

Zwei Leute, die mir entgegenkamen, hielt ich für Wärter und Wärterin; in der Nähe wußte ich nämlich eine Irrenanstalt. Mit einem Rüetli oder einer Gerte hieb ich Herbstblätter ab, die isoliert und herausfordernd hingen. Auffallendes setzt sich leicht einer Lust in uns aus, ihm Lehren zu erteilen, genannt Denkzettel. Gewiß war's keine Zerstreuung von sehr zarter Art.

Ein Herrenhaus weckte den Wunsch in mir, in ihm zu wohnen. Das Zimmer besäße eine Bibliothek, da läs' ich den ganzen Tag und beginge das Unrecht, über geistigem Genießen die Wirklichkeit zu vergessen. Eine Zeitlang labte ich mich am Gedanken, in Texas seien seinerzeit Neger vor die Wagen gespannt worden, worin Damen peitscheschwingend saßen.

Du mußt wissen, ich stand vor Jahren mitunter vor dem Schaufenster einer Berliner Buchhandlung, in von Cafés und Theatern belebtem Stadtviertel, und widmete mein Interesse Bänden, die Titel trugen wie «Sitten in Louisiana». Im Laden saß eine imposante und zugleich, vorurteilslos zu sagen, verlebte Frau. Unweit lag ein meist von Schweizern frequentiertes Restaurant.

Eines der Lokale nannte sich der «Kuhstall». Dort spielte eine Damenkapelle, deren Direktrice mir sagte, sie stamme aus Biel, ich erwiderte, mich berühre das sympathisch, ich sei auch da aufgewachsen.

Bei Aschinger gab es Kartoffelsalat mit Wurst oder, Höheres begehrend, gebratene Tauben. Letztere beglücken mich noch nachträglich. Produkte der Kochkunst können einem lieb bleiben wie das Andenken an ein gutes Buch.

In eben dieser Gegend lag ein Friedhof mit Gräbern aus der Zeit der Romantiker. Großstädtischer Wagenverkehr rasselte ohne Pietät daran vorbei, oft sind es aber Gegensätze, nicht Übereinstimmungen, die uns ein Aufmerken abnötigen.

Abends kam ich in eine Stadt, ging von Wirtschaft zu Wirtschaft; in einer derselben saß nur ein Mädchen, die irgend etwas schrieb.

In der spanischen Weinhalle ließ ich mir katalonischen Wein einschenken, Salami aufstellen und Musik dazu machen. Es gab ein elektrisches Klavier. Dasselbe setzte mir in hohem Grade zu. Die Wirtin lehnte den Wein, den ich ihr offerierte, ab; sie besaß hübsche Augen und beehrte mich mit einigem Kokettieren. Ihr Gemahl wurde aufmerksam auf mich.

Zeitschriften lagen auf ovalem Tisch. Die Salami schmeckte ausgezeichnet. Ich verließ die Stube in der Absicht, nur schnell ums Haus zu gehen. Man verstand die Feinheit meines Wollens nicht. Der Gastwirt schlich mir nach, stellte mich zur Rechenschaft, worauf ich ihn mit Vorweisen einer Fünfzigernote beruhigte. Ein Portemonnaie stellt Beziehungen her und ändert Ansichten. Was auseinanderlotterte, leimt Geld unglaublich flink zusammen.

Im nächsten Gasthaus wurde politisiert, ich half sogleich mit. Die Kellnerin sagte mir, es würde sie freuen, wenn ich so wenig Notiz wie möglich vom Gespräch nähme und lieber vielleicht bald ginge. Der Wunsch wurde erfüllt.

Ich schwankte in eine Konditorei, und trank ins Wanken sogar noch Kognak. Zwei Musiker spielten mir zuliebe Grieg, aber der Chef des Hauses erklärte mir den Krieg; er bat mich, in ein Gängli hinauszukommen. Hier führte er mir vor Augen, ich würde ihn glücklich machen, wenn ich allerlei einsähe. Der Wortwechsel wuchs zu einem Muster gegenseitigen Taktgefühls. Ich sei für die Situation voll Verständnis, sprach ich in der Sprechweise derer, die die Zungengelenkigkeit vorübergehend einbüßen.

Auf der Straße, über deren Wiedersehen ich mich wie über das Auffinden einer Freundin freute, warf's mich von einem Trottoir aufs andere, worüber sich gutherzige Leute mitleidig entsetzten.

«Könnten wir Ihnen nicht ein Bett anbieten? Wir bitten Sie inständig, vertrauen Sie sich uns an.»

Als Erwiderung kam aus meinem Munde: «Ihre Güte berauscht mich, doch der liebe Gott hilft mir schon.»

«Sie haben recht, jedoch – –»

«Kein jedoch», schnitt ich sanft den Diskurs ab und schritt dahin und fand den Weg ganz gut, zog ein Zwanzigerstückli, eine Art Makrönli, aus der Tasche und aß es.

ERICH

In einem Bureau schrieb ein junger Mann fromm und zart und artig; jeden Sonntag ging er in die Kirche, seinen Geschwistern schrieb er Briefe, erzählte ihnen darin, wie es ihm gehe, beschrieb diese und jene Eigentümlichkeit und bat am Schluß jeweilen um Antwort. Seine Eltern würden sich um ihn bekümmert haben, wenn ihnen noch Leben gegönnt gewesen wäre. Vor lauter Bedachtsamkeit war er blaß, vor lauter Feinheit des Fühlens fühllos. Am Pult stützte er oft den Kopf in die Hand, träumte vom Erleben einer Geschichte, aber es wollte sich nichts Unalltägliches ereignen. Gewiß bewohnte er ein Zimmer mit Alkoven, töpperlete mit dem Finger an die Wand, so daß der Nachbar herüberrief: «Was wollen Sie?» – «Ich langweile mich», gab er zur Antwort, «und das Geklöpfel und Bedeutel bedeutet weiter nichts als Gebrauchmachen von einer Möglichkeit der Zerstreuung.» – «Wollen Sie's, bitte, unterwege lassen, es stört mich.» Erwidert wurde: «Fürchten Sie keine Unterbrechungen mehr.» Die Zimmervermieterin brachte ihm jeden frühen Morgen den Kaffee; sie war rund wie ein Apfel und von ebenso gesundem Aussehen. «Wenn Sie's wünschen, will ich Sie heiraten», sprach der Mieter. Der besann sich nicht sehr lang. Es war so vielsagendes Frühlingswetter, die Straßen so warm, die Leute so leutselig. Sie sagte lachend: «Warum nicht gar? Zum Mann sind Sie mir zu jung. Sie könnten mein Söhnchen sein.» Das fand er nicht interessant. Einigemal besuchte ihn ein Mädchen. Darüber war die Wirtin intrigiert; nein, das nicht, aber sie konnte nicht umhin, zu sagen, wie unlieb es ihr sei, wenn das Fräulein mehr käme. Am Fenster zu stehen und den Kopf in die Luft zu strecken, machte ihn sehnsüchtig. Sehnsüchtig sein heißt nicht wissen, wohin man möchte. Um sich Abwechslung zu leisten, wechselte er häufig sein Zimmer. Abendlandschaften glichen Abendmählern der Natur, der Sonnenuntergang einem Jesusantlitz, die Wälder voll tönender Farbe. Er war innerlich entsetzlich schnell reich und arm, ruhig und unruhig; seine Handschrift deutete auf eine zierliche Borniertheit: er besaß Sinn sowohl für Zwang wie Schwung. Einst kam er in einen Saal, der durch eine dunkeleichene Balustrade in zwei Hälften geteilt war. Schade, daß keine Schöne im Bett lag. Das Gemach kostete vierzig Franken; mehr wie achtzehn monatlich gab er nie für ein Zimmer aus. Er guckte sich rasch durch alle Fenster satt, nahm vom vornehmsten Raum, den er je erblickt hatte, Abschied, ging unglücklich weg, um bald darauf wieder ziemlich glücklich zu werden. Bei ihm handelte es sich immer um ein Wiederaufsuchen der Festigkeit bei häufiger Einbuße derselben. Alles ging ihn viel und nichts an. Nie mit sich einig sein, war eine seiner Eigenheiten; er fand nie den Mut, zu glauben, er könne je von Menschen geliebt sein, hörte aber seine Seele ihn sogleich auch jedesmal darüber trösten. Er hielt sich weder für stark, noch für schwach, wandte sich bald so oder so, je nach der Lage. Ein Jahr oder zwei ohne nennenswerte Freude zuzubringen, schmeichelte seinem Begriff von Ehre. Da ihn die Menschen beinah dauerten, ertrug er sie gern und glaubte fortwährend an ein Glück, nicht des Glückes, aber des Entzückens wegen, das im Glauben liegt. Wir wollen ihn Erich nennen, weil das so ein blonder, Unschuld und Idealismus ausdrückender Name ist. Eine Zeitlang wohnte er in einer engen, aber baulich interessanten Altstadtgasse bei Schneidersleuten und hatte einmal einen Posten nicht länger als einen Tag inne. Dem Prinzipal gegenüber entschuldigte er sich brieflich deshalb so: «Ich sah ein, daß ich in Ihrem Institut schließlich doch nicht hätte gedeihen können, und floh zu meiner mütterlichen Freundin zurück, was ich höflich bitte, menschlich begreiflich zu finden.» Im Elternhaus hatte er die Geschichte von Pieter Maritz gelesen, dem Burensohn, der im Dienst der Seinigen gegen seinen besten Freund kämpfte. An der Gemeindestraße befand sich eine Kaffeestube oder alkoholfreie Wirtschaft, wo man eine Tasse Schokolade für zwanzig Rappen und ein Stück Napfkuchen um denselben Preis haben konnte. Eine Portion Bratkartoffeln kostete fünfzehn Centimes. Vom Fenster aus schaute man in einen herzigen Garten; Blumen schienen dem Essenden zu sagen: «Laß es dir schmecken.» Die Kellnerin tuschelte Erich eines Tages zu, ein Herr habe sich bei ihr nach ihm erkundigt. «Und was sagten Sie ihm?» – «Was konnt' ich ihm sagen, da mir weder Ihr werter Name noch Ihr Tun und Treiben bekannt sind.» – «Ich kenne mich noch selber kaum», antwortete er, «und traue keiner Hoffnung; irgend etwas sagt mir, es sei ein Glück, sich mit Fragen über seine Bestimmung zu verschonen.» Ins Lokal kam öfters eine so wunderbar behandschuhte, mit so viel Würde ausgestattete Dame, daß es ihm nicht schwerfiel, ihr im Geist ein marmornes, mit kunstvoll gewundenen, herrlichen Treppen versehenes Schloß zu schenken und sich, während er Spiegeleier aß, zu ihrem Pagen zu machen, wofür er sowohl Figur wie Begabung zu besitzen glaubte. Schöne Hände, wie schaute er die fürs Leben gern an! Während sechs Jahren ging er ein einziges Mal ins Konzert. Sparsamkeit mundete ihm wie eine gut zubereitete Speise. Den Menschen sind karge siebenzig Jahre zugemessen. Gott gibt nicht viel, damit das Wenige etwas bedeute, Dankbarkeit nicht aussterbe. Es zog ihn häufig zu Bäumen, die still wurzeln, die die Stelle einnehmen, die ihnen der gab, der sie pflanzte. «Dich hätt' ich gern zum Hausfreund», meinte eine Frau zu ihm, die ihn nur zum Teil verstand. Solche Rolle würd' er sich nie erlaubt haben. Sich und andere ungenau Anschauende täuschen sich mitunter. Von der Freude hält ein Freudiger nicht viel; ein Glücklicher darf viel Glück verschmähen, weil er überzeugt ist, daß es ihm überall begegnet.

TITUS

Klingt's nicht größenwahnsinnig, über die Lippen zu bringen, erzählte Titus, daß meine Mutter eine Fürstin war, und daß mich Banditen raubten, um mich zu ihresgleichen zu machen? Ich sage das aber nur des Schmuckes wegen, damit man sich nicht von Anfang an bei mir langweile. Fragte mich jemand nach meinem Geburtsort, würd' ich Goslar als solchen angeben, obschon ich damit saftig löge. Nie wurde ich von der Mutter verwöhnt, worüber ich mich wohl nur freuen darf. Goslar, so las ich vor einiger Zeit, sei im Frühlingskleid entzückend, und da ich zur Gläubigkeit neige, nahm ich die Behauptung bereitwillig auf. Bei den Räubern lernte ich waschen, nähen, kochen und Chopin spielen, möchte aber bitten, diese Aussage nicht zu genau zu nehmen. Mir ist, als phantasier' ich hier gehörig, wofür mir Nachsicht vergönnt sei. Soll der Dichter auf dem Instrument seiner Einfälle nicht ebenso behaglich spielen dürfen wie zum Beispiel ein

Musiker auf dem Piano? Als Leutnant hatte ich einen mich verzärtelnden Burschen. Ich kam in eine Stadt, lief durch Straßen und suchte und fand eine geziemende Stelle, indes ich Kost und Logis bei einer Familie auftrieb, deren Oberhaupt so borstig war wie seine Frau nachsichtig. Ich brachte ihren beiden Buben das Zigarettendrehen bei und lernte in Gesellschaft eines Fräuleins Englisch. Groß und blaß, wie eine von Romantik umhauchte Rose, saß, die Herzensgüte in den Augen, eine Kellnerin in ihrem Zimmer; sie machte mich durch zwei Worte, die sie mir gönnte, glücklich, obgleich ich noch nicht recht wußte, was Seligkeit bedeutet. Eine dritte Mieterin, eine Witwe, tat so vertraut mit mir, daß mir der Brummelige kündete, er könne das Geliebel in seiner Wohnung nicht billigen. Frieden ist ein schwieriges Problem. Ich ging zur Schriftstellerei über, um sie nach und nach aufzugeben. Im Osten eines gewaltigen Verkehrszentrums lernte ich in einer Kneipe eine in Gelb gehüllte Schwarzäugige kennen. Sieht das aber nicht nach Erinnerungenauskramen aus und könnte leicht im Druck sentimental wirken? Mir mittelmäßigem Typ ging es wie denen, deren Haupterlebnis ist, an vielen Menschen vorbeizulaufen, ohne mit ihnen in Berührung zu kommen. Ungewöhnlich bin ich vielleicht nur darin, daß ich schrecklich viel Zeit verlor und das mit Vergnügen wahrnahm. Statt älter, wurde ich jünger. Daß ich ein bißchen verdummte, darauf bilde ich mir entschieden etwas ein. Ich bin stolz und beschränkt und zupfte an meiner Nase so nachhaltig herum, bis sie eine reizvolle Form bekam, betete beständig zum lieben Gott, um zu einem kindhaften Aussehen zu kommen, was mir denn auch glückte. Mein Busen ist ein Schlangennest, kein Wunder, wenn ich die Augen bittend zu

Leuten aufschlage, die mich deshalb für gefügig halten, aber was sind das für satzbildverunzierende Unannehmbarkeiten! Wer nicht den guten Willen hat, zu lügen, an dem ist Hopfen und Malz verloren. Aufrichtig sein ist selten anständig. Um ein Geständnis zu machen, trage ich eine Liebe mit herum, die mich teils anödet, mir aber auch Flügel verleiht. Von einer Genossenschaft zur Förderung der Dichtkunst zur Ablieferung eines neuen Manuskriptes aufgefordert, fegte, wedelte und lief ich in jedes Kaffeehaus, wo mir eine Dame herablassend genug vorkam, daß ich an ihr emporschauen konnte. Seither bin ich der bleichste und hochröteste Hingebende, nur schade, daß hohe Lieder der Liebe schon gedichtet sind und buchmäßig vorliegen; wie gerne kröche ich durchs Lieferantentürli in die Paläste der Literatur und dienelte mit Wonne. Gestern ging ich in die mit einer Art Vorfrühlingsgold umzogene Landschaft hinaus, zog vor der holdseligen Mama Natur den Hut ab, setzte mich auf ein Bänkli und weinte. Im vielfach verzweigten Netz der Verjüngungsmethode bildet die Träne meiner Erfahrung nach einen nicht unwichtigen Knotenpunkt. Fingernägel läßt man jetzt nicht mehr wachsen. Ans Heiraten denkt die Gegenpartei. Kopfhaar wasche man wöchentlich. Zu meinen Füßen erlustigten sich die Wellen, und durchs Tal, das sich aus sachte aufeinanderfolgenden Hügeln mild zusammensetzte, wob eine Heiterkeit, wie sie eines Menschen Gesicht zeigt, der gut blieb, der Jahre lebte, ohne daß es dem Leben gelang, ihn zur Ungunst umzustimmen. Wundervoll sind Ältlichkeit und Jugendlichkeit der Erde. Mit Erlaubnis rede und singe ich von einem felswandherabstürzenden tanzenden Bächli, silbern glitzernd, lächelig und göttlich schön, tiefernst und lustig, wie's aufs Gestein spritzte, fortsprang als ein Beiträglein zum Kolosse Meer, wo in Tausendmetertiefe schuldlose Ungeheuer um ewig nasse und verborgene Bäume schwimmen, Prachtdampfer die Oberfläche schmücken, und red' ich von zart auf die Wiese gelegten Schatten, den Häuserchen am Abhang und einem liegenden Jungen. Entsetzlich, wenn der Leser hierüber gähnte! Mit schmachtender Seele und mit vor Sehnen zu Kreisen geweiteten Augen ging ich in einen von Sonne durchschimmerten, lauschigen Garten, horchte auf die sympathisch dort konzertierende Kapelle, wobei ich mich offenbar abenteuerlich gebärdete; denn aus Mitleid fiel ein Mädchen, das mir zuschaute, um, in den Tod dolchähnlich durchbohrenden Bedauerns, wer's für möglich hält, sei sein Leben lang glücklich. Leute, die Neigung zu mir fassen, laß ich am Gebäude ihrer Freundschaft so lange bauen, wie sie wünschen; gestört werden sie von mir nie, denn ich beachte sie gar nicht. Manche halten mich unvorsichtigerweise für unzivilisiert. Meine Hohe ist so schön, und ich beandächtige sie mit so heiligem Respekt, daß ich mich an eine andere hängen und damit Gelegenheit erhaschen muß, mich von der Anstrengung durchwachter Nächte zu erholen, der Nachfolgerin zu erzählen, wie lieb die Vergangene war, ihr zu sagen: «Dich hab ich ebenso lieb.»

EINE OHRFEIGE UND SONSTIGES

Einer Lehrerin schnallte ich Schlittschuhe an, nahm vor einem mich rügenden Inspizienten Achtungstellung ein. Im Dienstbüchli lag ein Räuberroman. Ein Mädchen, dem ich das sagte, meinte, da sei er gut aufgehoben. Wieder kostete ich neuen Twanner, sah im Stadttheater ein geistreiches Stück mit an. Riesig nett war das Zuschauerräumchen. Ein neuer Bahnhof wurde betrachtet und eine Büfettdame ans Kinn getippt. Ist man gut aufgelegt, so benimmt man sich gern weltmännisch. In dem Stück, wovon ich sprach, wirkte eine Schauspielerin mit, die den ganzen Abend nichts als «Ja, Mama» zu sagen hatte; sie tat's in allen Tonarten. Das war furchtbar amüsant. Ich stand im Stehparterre, dicht hinter einer jungen Frau. Da ich ihren Mann in unmittelbarer Nähe vermutete, verhielt ich mich gleichgültig, blieb gemütlich und stoisch. Nun näherte sich der Gatte und fand mich wahrscheinlich sehr korrekt. Die flott heruntergespielte Dichtung stammt von einem Menschen, den die Gesellschaft um einer Verfehlung willen total fallen ließ. Eigentümlicher Genuß, sich an Szenen zu ergötzen, deren Erfinder es so übel ging. Bei der Unterhaltung, die sein Talent dir darbietet, fällst du ins ernsthafteste Staunen über die Möglichkeit menschlicher Verwandlungen. Ich rede von Oskar Wilde. Ich kaufte Güetzi, die ich mir teils selbst schmecken ließ, teils an Buben und Mädchen austeilte, wobei sogar Angebissenes niedlich Absatz fand: Unbedenklichkeit der Jugend! Nette Gesichter anzusehen macht nett, gute Manieren zu beobachten manierlich. In feiner Umgebung wirst du bei nur einiger Anerkennung ebenfalls fein. Ich fuhr auf einem Karussell in schwebenden Sesseln. Herrlich, so über Untenstehende zu gleiten! Quillt nicht gute Laune oft aus schlechter? Ich mag weder immer gut, noch immer schlecht aufgelegt sein. Eins löst das andere ab. Ein mit sich befreundeter Mensch möchte sich nicht unverdient seines Daseins freuen; er dächte, er beleidige die Mitwelt, wenn's ihm nicht auch hie und da sauer ginge. Eine Frau fragte ich zu vorgerückter Zeit: «Wollen Sie mit mir kommen?» Sie gab zur Antwort: «Eine Ohrfeige können Sie bekommen!» Ein Auto fuhr vor, in das sie einstieg. Auf Anreden haben Frauen meiner Meinung nach das Recht, zu erwidern, was ihnen einfällt. Mutige Sprache klingt aus hübschem Mund nur anmutig.

Ich ging ein anderes Mal ins Theater und wurde von der Garderobenfrau so vertraulich behandelt, daß mir's war, ich wär' ihr Mann. Wäre ich aufrichtig gewesen, so hätt' ich von da an für diese mir doch unbekannte Frau sorgen sollen. Ihr Wesen verpflichtete mich ihr. Ich stieg, wie ein Scheit lodernd, zur Rampe hinab und prüfte meiner Nachbarin Füße. Man läßt unzählige Anlässe, sich mit jemand zu verknüpfen, sich und ein anderes in eine Bestimmung zu bringen, Heiterkeit und Anschauung zusammen zu teilen, ungenützt fahren. Aber ich will nicht überlegen, sondern sagen, daß ich meinen Blick ins Parterre hinab, in die Logen, gleiten ließ. Augen turnen unglaublich elastisch. Wie ich so die Damen und Herren mit Interesse anschaute, fingen sich ihre Hände und Füße an zu bewegen. Operngucker, Taschentücher, Zettel kamen zum Vorschein; Fingerspitzen berührten Haartrachten. Besonders schaute sich eine Frau wie verwundert um, als möchte sie den sehen, von dem die Störung herrühre. Doch da erhob sich der Vorhang; ich und die übrigen schenkten nun unsere Aufmerksamkeit der Bühne.

Ich bummelte dumm herum; die Dummheit vergab ich mir von Herzen; denn ich sah ein, man habe Grund, sich schonend zu behandeln. Eine unbeschreibliche Schläfrigkeit kam über mein unentwirrbares Wesen. Einen Besen hätte ich nehmen sollen, um mich vorwärts zu wischen; ich kam im Dreck kaum vom Fleck, indes ich liebend das Sammetblau des Himmels begaffte. Die Betrachtungsweise war eine höchst langsame. «Wie schwer ist's, brav zu sein», flüsterte ich in bewegter Tonart mir ins Ohr oder Öhrchen. Ich fasse mich da zart an, finde das aber schicklich. Mit der nötigen Achtung von mir zu reden, scheint mir Pflicht. In Ermangelung des Vögelgesanges sang ich selbst; eine Arie aus einer Oper, und war mit meiner Leistung ungeheuer zufrieden. In einem Wirtshaus setzte ich mich zu kleinen Kindern, die einen länglichen Tisch für sich einnahmen und sich benahmen, als wären sie wert, daß man sie ernst nähme; sie spielten Karten, in der glücklichsten Nachahmung der Erwachsenen eifernd. Drei Mädchen waren's und ein Knabe, dem eine Katze ins Spiel guckte, ihm dann über den Kartenfächer hüpfte und sich bei mir, der Käse verzehrte, talentvoll einschmeichelte. Was sie begehrte, war mir klar; ich stopfte ihr den hübschen Rachen mit Bissen, die ich entsprechend feinschnäfelte. Nicht ohne Nachlässigkeit, aber auch markant, ermahnte ich einen Jungen, der keck eine Mauer bebrünselte, wobei die unbeschäftigte Hand einen in Seidenpapier gewickelten Blumenstrauß trug. Um eine Postkarte einzuwerfen, ließ sich ein kleines Mädchen von einem andern an den Beinchen in die Höhe heben. Aus dem Bureau schaute mir ein Beamter zu, wie ich dem Ludwig-Richter-Bildchen zuschaute. O über Augen, die alles sehen, was los ist. Kaum ist man Beobachter, wird man selber schon wahrgenommen, was auch gar nichts schadet. Im Bett spiel ich Mütterchen und Kind, bete schön, schlafe artig ein. Was stellt man nicht an, um sich Unterhaltung zu schaffen! Ich kam schon auf die eigentümlichsten Einfälle und hoffe auch fernerhin nicht von solchen im Stich gelassen zu werden. Recht froh bin ich nur dann, wenn ich an etwas Nettes denke, womit ich mir ebensoviel, wenn nicht mehr schenke, als wenn mir jemand etwas gäbe. Mir liegt viel am Munterbleiben, weil ich glaube, ich tauge zu was.

Ich erwachte letzte Nacht, machte Licht und dachte, ich weiß nicht, aus welcher Folge von Eindrücken, an ihn, den man eines Tages kreuzigte. Knechte, die für diese Arbeit gedingt waren, hefteten mit Nägeln seine Hände und Füße ans Holz, die Hände, die segnend auf den Stirnen von Fieberkranken geruht hatten, die durch Kinderlocken glitten, die Füße, die er brauchte, um den Weg zu Trostbedürftigen zurückzulegen. Der Gedanke an den Leidenden hinderte mich nicht, in eine Orange zu beißen, eine Frucht, die mit ihrer farbenprächtigen Saftigkeit den Süden vors Gemüt zaubert. Als man ihm die Nägel durchs Fleisch trieb, spritzte das Blut diejenigen an, die dies Werk auf sich nahmen. Hierauf wurde das Kreuz aufgerichtet. Diese Art, einen Menschen unschädlich zu machen, mutet wie ein Spiel an; etwas Naives liegt im Annageln eines lebendigen Körpers an ein Stück Holz: «Da bist du aufgetragen! Das Gemälde wirkt gut. Nun laß dir die Marter schmecken.» Die Strafart des Kreuzigens streift ans Lächerliche. Wie auf Bildern der Frühzeit abgebildet wurde, vertrieben sich Menschen neben dem

Kreuz die Langeweile mit Spiel und sonstigem Kurzweil, ich will aber dabei nicht verweilen. Gegenüber so großer, so schrecklicher Heiligkeit scheint mir Scheu am Platz. In der Schule erzählte uns der Pfarrer, daß die Leiden Jesu am Kreuz bei neun Stunden gewährt hätten. Doch wozu an das denken? Was würde übrigens ein Heutiger für ein Gesicht machen, wenn er gekreuzigt würde? Geküßt werden, gekreuzigt werden! Ich will mich in unseren Alltag verschleichen. Gestern las ich im Café Zeitungen; in einer derselben stand, wir wären keine Christen mehr, aber ich halte das nicht für möglich. Man kann im Leiden selig sein; zwar möchte man nicht gekreuzigt werden. Wie er am Kreuz winselte, dieser so Vornehme, dessen Manieren, Gesten so überdacht waren, sich in einem fort so schön gehabend. Da er's mit den Ärmsten hielt, war er nun selber ein Ärmster, es liegt darin vielleicht Gerechtigkeit, aber ich mag nicht, was ich hier schreibe. Schriftsteller sollen sich nicht darum, daß sie sich ans Großartige schmiegen, für groß halten, vielmehr in Kleinigkeiten bedeutend zu sein versuchen. Was dachte ich neulich darüber? Man müsse vom geringsten Gegenstand schön reden lernen, was besser wäre, als über einen reichlichen Vorwand sich ärmlich ausdrücken.

Wenn ich mir vorstelle, wie dieses unbedeutende, idyllische Ich, dies romantisch veranlagte Menschchen, sich gestern wieder gütlich tat, an Weinen nippte, und ich mir Lenin vergegenwärtige, von dem so viel die Rede gewesen ist, so drängt sich mir die Frage auf: war er für Naturfreuden empfänglich? Sein Bild erzählt von einem Hartgeprägten. Ob er wohl galant war? Liebenswürdig, dienstfertig? Er war eines Schulinspektors Sohn, ein Abkömmling von Unterdrückern, Sproß von Leuten, die sicher nicht Gedichte und so weiter schrieben, Musik kaum hochschätzten. Gestern war ich wieder ein bißchen leichtfertig. Ob das jener auch je war? Besaß er Seele? Ich freu mich dieser eigenartigen Untersuchung. Doch wie kam ich auf ihn? Ich hörte gestern einen italienischen Sänger, dessen Lied mir den Himmel und die Unbekümmertheit des Südens vors Herz legte. Da fiel er mir ein, wahrscheinlich so wegen des Kontrastes: der Bezwinger der Massen, der Empfindungslose, der einem Erdbeben gleich über Menschen hinging, da es Methoden menschlicher Ordnung zu erfinden galt. Er wohnte einst an einer Gasse, in der ich Unscheinbarer bei einer sehr gütigen Frau eingemietet war. Lenin und Christus? Bei letzterem waren Glaube und Liebe quasi auf die Fahne geschrieben. Wenn ich über großragende Persönlichkeiten schöngeistere, verliere ich leicht die innere Sicherheit, was ich an mir lobe. Christus war es um Ausbilden des Seelenlebens, dem andern um Ausbauen des Gesellschaftslebens zu tun, um Gleichstellung aller in diesem Irdischen. Welcher von beiden schöpfte aus besserer Quelle? Ich will von anderem reden; denn ich hielte es für Zeitverlust, hier fortzufahren. Noch dies: es gibt Leute, die bürgerlich normal sind bei künstlerischer Unpäßlichkeit. Ein Dichter kann irgendwie krank, aber als Dichter doch gutsituiert sein. Dichtet ein gesunder Mensch schlecht, so ist er eben als Dichter krank. Dichtet ein kranker Mensch gut, so gehört er als Dichter zu den Gesunden.

Schnee liegt auf Straßen und Plätzen, auf Denkmälern, Dächern, das paßt zur Neujahrszeit. Weihnachtsbäume, Süßigkeiten gönne ich andern. Dichter sind darin großartig, daß sie ihrer Mitmenschen Freude mitansehen können, ohne gleich zu meinen, daß sie mitgenossen haben müßten. Eine warme Stube ist im Winter schon viel. Les' ich nicht außerdem in einem Büchlein, betitelt: «Treu wie Gold»? – «Guten Tag, Frau Direktor von Stempel», sprach ich neulich eine Dame an, die anders heißt, und die laut ausrief: «Was ist Ihnen?» – «Gut aufgelegt bin ich», gab ich zur Antwort. Den ersten Theaterabend meines Lebens erlebte ich in einer Neujahrsnacht, trug den hohen Eindruck heiß ins Elternhaus. An einem himmelblauen Frühlingstag erwartete eine Mutter ihren geliebten Sohn, den Leutnant von Schöllermark. Da klopfte es energisch an die Türe; der Ersehnte war's, sie lagen sich in den Armen. Er kam dann nach Berlin, wo er die wundersamste Motzsträßlerin oder Millionärin kennenlernte; sie war jung und unerhört schön. Im Tiergarten gaben sie sich Rendezvous, flogen zusammen auf Schlittschuhen um die Rousseauinsel, die im kleidsamen Dezemberlichkeitsgewand lieblich aussah. Die Schöne sagte ihm, indem sie Kuß um Kuß von ihm empfing, ihr Papa habe Pläne mit ihr; er taumelte zurück, erlebte seine große Enttäuschung, was ich alles aus einem Vergißmeinnichtbüchlein habe. Nun meld' ich etwas von mir und beichte, daß ich als Knabe auf einen Neujahrswunschzettel unachtsamerweise «ich wüsche» schrieb, statt «ich wünsche». Wie einem so etwas im Kopf bleibt! Der junge Napoleon siegte schon als Schüler im Schulhof zu Brienne in Schneeballschlachten. Schneemänner haben einen breiten Mund, nicht sehr eindrucksvolle Augen, in der Hand einen Besen und stehn unglaublich ruhig da. «Zwischen zwei Herzen» nennt sich eine rührende Geschichte, die ich meinem Bibliothekchen einverleibte: Einer, der Geld hat, tritt einem, der keins hat, die, die er liebt, ab, da er nicht mehr jung ist, während dem andern die Jugend zum Antlitz herausstrahlt. Das Mädchen hieß Roberta und der Glückliche Max. Anderntags saßen alle friedlich beisammen. Möglich ist, daß sie bei Tisch saßen und aßen. Ich war neulich dabei, wie sich einer Wirtin ein netter, junger Mensch als Officebursche stramm vorstellte. Achtung erweckt man meist hinter seinem Rücken; daher weiß man nichts davon. Die, denen wir sympathisch sind, bleiben still, und das ist richtig, man nähme sich sonst zu wichtig. Ein Kurzwarenhändler sagte mir, man käme mit der Höflichkeit am besten weg; ich pflichtete ihm bei. Zu Neujahr wird geschenkt; Schenkende erhalten wieder ihrerseits Geschenke. Beides, nehmen wie geben, darf und will geübt sein. Ich erinnere mich an eine Zeichnung mit leichter Anfärbung: ein weißbefiederter Engel schaut zu einem Fensterchen in die Stube herein, wo das Christkind liegt; nur ein kleines Blatt, und doch vergaß ich's nicht. Man kann viel vergessen, sich wieder auf vieles besinnen, und herrlich ist im Erinnerungsbereiche dann ein wiedergefundenes Schäfchen; der Verlust wird lieb, da er sich ausglich.

Gewiß beging ich gegen Frauen manchen Fehler, brauchte aber noch nie ein gewisses Wörtchen vor ihnen, wie ich's neulich von einem Herrn aussprechen hörte. Das Fräulein knickte förmlich ein, wurde unter dem Gewicht sichtlich klein. Unter welchem Gewicht? Ich werd' es sagen. Sie wollte gerade strahlen. Ein ganz netter Mensch sonst; sie, wie gesagt, entzückt. Er voll Unterhaltungsgabe; sie voll Begierde, auf das Gesprudel zu lauschen. Sie schien im Eifer, nichts zu überhören, ihre Ohren zu spitzen. Da entschlüpfte seinem Mund diese Äußerung. Schlimm meinte er's nicht; es entsprang ihm unüberlegt genug. Über ihr Gesicht zuckte eine stille, leise, verhaltene Qual, woran ich mich amüsierte. Ich bin eben boshaft. Am liebsten hätte sie dem eben Angestaunten eins versetzen mögen, war dazu aber außerstande. Sie schaute ins Leere, wie in irgendeinem Winkel Fassung einzufangen. Ihre Erregung war zart und furchtbar; belanglos und zugleich entsetzlich. Er sprach etwas sehr Einfaches, und auf das Einfache, was seine Fassungskraft von sich gab, fragte er sie aus der Höhe derselben herab:

BEGRIFSCH?

So mitleidig, als wär' sie sein Käferchen, sein Blättchen, sein Luisenveilchen in «Kabale und Liebe», ein unvermögendes Gehirnchen. Mühsam lächelte sie nach schwer über sich errungenem Sieg. Er merkte diese Anstrengung, zu der er Ursache gab, nicht einmal. Auf diese Art werden oft liebevollste Bemühungen übersehen. Ihr innerer Kampf war sehenswert wie sein Nichtnotizdavonnehmen. Indes ich dies beobachtete, las ich ein «Frauenbeiblatt».

An der Wand eines Speiselokals zu hängen. Welch unangenehmes Los! Auf einem Plakat zu florieren, um zu verschwinden. Ein Plakat löst das andere ab, eine Vorlesung aus eigenen Werken die nächste. Wehmut faßt mich bei diesem Auftreten und Abhuschen an. Bald ist's ein

Herr, bald eine Dame. Wie sie sich Mühe geben müssen und gewiß auch gern geben. Nachher folgt jeweilen ein achtungeinflößender Artikel. Doch stimmt bei all dem etwas nicht. Wie sie mit ihrem jüngsten Buch in der Hand herbeispringen, um wieder abzutanzen. Jede Nummer ist sich bewußt, ihr folge eine neue. Immer künden frische Plakate frisches Futter für Leute an, denen man Gelegenheit bietet, einen bildenden Abend zu verbringen. Wohin führt das? Einige kommen mehrmals, sie sind en vogue, aber der Dichter- und Dichterinnenvorrat hört eines Tages auf. Was dann? Wir leben in plakätischen Zeiten. Die Kerls mit der Fülle von Ideen im Kopf machen sich ganz ordinär. Keiner von ihnen bleibt noch irgendwie umwoben. Seltsames schrumpft von Tag zu Tag mehr ein. Eine Fabrik zur Gewöhnlichmachung des Ungewöhnlichen scheint im Gang. Schüchterne Poeten gehören der Vergangenheit an. Werde auch ich am Vortragstisch erscheinen und entweiht sein? Bis dahin glaub' ich steif und fest, ich tu es nie. Hölderlin, der edle, ging am Lieben und Großsein und dichtenden Verstummen zugrunde. Ich bin bei so guter Laune, daß ich mich schäme. Werd' auch ich eines Tages mein Plakat haben? Wird mich dasselbe überwältigen? Soll ich eine Weile an der Wand prangen, um einem folgenden Platz zu machen? Eine Plakäterin, die man soeben angeheftet und abgenommen hatte, spazierte mit mir, der Nachmittag war herrlich, die Zweiglein, wie rührend sie in die Luft ragten! «Wie kommt's», fragte sie, «daß Sie leben können, ohne daß Plakate von Ihnen sichtbar werden?» Ich schaute zu Boden und erwiderte: «Mir ist um mein bißchen Glück bang.»

Gestern stieg ich den Berg hinauf; der Aufstieg ging gut vonstatten, bis ich zu Glatteis kam und keinen Halt mehr fand. Nicht ein Bäumchen war da, an das ich mich hätte klammern können. Mit schöner Haltung war nichts mehr auszurichten. Da hatte ich eine übrigens ganz naheliegende Idee, ich ließ mich auf die Hände nieder, verlegte mich eine Zeitlang auf denkbar liebliches Kriechen; ich meine, man muß sich Situationen anzupassen wissen. In dem Kriechen lag Trotz, es galt ja hinaufzugelangen. Hätt' ich mich nicht gebückt, so wär' ich stehengeblieben. Auch Schmiegsamkeit kann Stolz enthalten. Mir lag am Wegzurücklegen; die damit verbundenen Schwierigkeiten zwangen mich zu nicht gerade schön aussehenden Verwandlungsmaßnahmen. Sah's nicht aus, als verleugnete ich die «Kultur», wo mir's um deren Beibehaltung zu tun war? Die Glätte des Bodens verlangte auch von mir eine Glätte, die ich meinem Charakter entnahm. Aus Stolz benahm ich mich unstolz, aus Zähigkeit weichlich. Es rief in einem fort in mir: «Hinauf!» Kann man einen Glasberg mit der Würde eines «Mannes von Bedeutung» hinaufmarschieren? Bedeutend schien mir, oben anzulangen. Unsere Beine sind ja nicht umsonst keine Stöcke. Warum nicht von Fähigkeiten Gebrauch machen? Mit spiegelglatten Flächen verfahre man artig. Da ich das Unüberschreitbare nicht wegblasen konnte, so umfaßte ich es. Tun nicht die Hartnäckigsten hie und da mild, um ihren Willen durchzusetzen? Wer kniet, kann wieder aufstehen, und es kommt ihm vor, er stehe dann um so stärker. Die Bewegung hat ihn ergötzt. Etwas erklettern, erschmeicheln, wie lustig ist das! Um der Raschheit willen sich als Langsamer gebärden, nun ja, warum nicht? Hinaufzukommen versuchen ist schöner, als oben zu sein;

ich gefiel mir besser, da ich hinaufschaute, als da ich selbstbewußt herabsah. Herumschauen, wo ein Weg, ein Halt sei, ein bißchen ängstlich sein müssen, der Augenblick des Dranglaubens, wie ist's interessant!

Still saß ein Leiser für sich, da trat ein Lauter auf, dem der Leise die Lautheit schon von weitem ansah. Laute wirken mit dem bloßen Aussehen laut.

Indes der Laute redete, hielt sich der Leise fest an seine Leisheit. Er sprach für sich: «Zeig' ich mich betroffen, so gebärdet sich der Laute nur stimmgewaltiger.»

Die Stimme des Lauten schallte wie Glockenklang, indes im Leisen Wonnen jubelten.

Indem Laute gleichsam fortwährend schmunzeln, werden sie zu Zermalmern, vergessen die herrlichen Gesetze der Friedensliebe.

Der Leise fing plötzlich übers ganze Gesicht an zu lachen; er fand sich sowohl wie den Klangvollen komisch.

Wie nun der Schaller den Tonlosen so vergnügt sah, gingen Schlagschatten über sein Antlitz. Er hatte geglaubt, er vergehe vor Ärger, werde «täupelen».

Starke kommen sich mitunter zu stark vor.

Der Tönende erbebte, als er sein Musikalisches zwecklos in die Waagschale geworfen sah. «Welch ein Bösewicht!» dachte er vom Leisen.

Ist's eine Schlechtigkeit, sich nicht aufreiben zu lassen? Laute sagen: «Wir brauchen keine Leisen»; letztere sind wieder der Ansicht, Brüllen sei überflüssig. Haben die Donnerer recht oder die Düsseligen?

Der Krieg zwischen Scheuen und Unverschämten wird wahrscheinlich nie, nie enden.

Dürfen Laute nicht laut sein, so sind sie unglücklich, ebenso Leise, wenn sie sich ihrer Leislichkeit nicht überlassen dürfen.

An den Lauten zerschellen zuerst die Leisen, aber ein Leiser ist weiser als ein Lauter, dafür ist ein Lauter trauter als ein Leiser.

Schrecklich, wenn ein Lauter leise und ein Leiser laut wird. Solche Fälle sind sehenswert.

Gönnt ein Leiser einem Lauten den Brustton, so fühlt das der Träger der Lautheitsidee und wird ihr untreu, und finden die Lauten die Leisen nett, so fangen diese zu schwatzen an wie Spatzen.

Einwilligung hat Folgen!

Laute sorgen also für Lautheit bei Leisen, letztere für Verfeinerung von Unverfeinerten: Unverhoffte Lösung.

In Thüringen, etwa in Eisenach, lebte ein sogenannter Käferologe, der wieder einmal eine Nichte besaß. Wann werd' ich mit Nichten und so weiter fertig? Vielleicht nie; dann weh mir! Schwer litt das Mädchen im Nachbarhause unter gelehrter Obhut. Kämpfte nicht in Afrika wieder einmal ein Leutnant gegen gottlose Buschleute, die bloß in Badehosen umhergingen und Speere schwangen? Mit Lorbeerblättern überhäuft kehrte er heim, und sieh, wie sich das Mädchen unter Käferologenobhut und der Hottentottenbekämpfer fanden! Der Fund galt beiden viel. Die im Gesträuch stattfindenden Kosereien und all die Täubchenträume, die da aufflatterten, würden ein Kapitelchen für sich bilden. Die Kapazität blieb in ihre Spezialität vertieft, indes Tiefes und Hohes unter und über ihm und Umliegendes um ihn vorüberlüftelten, wir meinen Wissen und Leben, die sich gegenseitig vernachlässigen, wofür ich nichts kann.

Unweit davon lebte in einem Schlosse, dessen Schieferdach im Sonnenschein gleißte, eine ihren Gemahl hassende, stolze Frau, die doch nicht von seiner Seite wich und ihm das gönnte, da sie ihm übelwollte. Frau von Tannhorst hieß sie, falls mich mein Gedächtnis nicht verläßt, das bald treu, bald vergeßlich ist. Die Tannhorst hatte einen achtjährigen Sohn. Ob ich mich nicht irre? Nein, nein! Der Knabe wohnte abgesondert in einem der zahlreichen Gemächer, wo er von Zeit zu Zeit Mamas Besuch empfing, die absichtlich auf die lieben Lippen biß, die sonst schöne Stirn verkniff. Worte wie Megäre sollen keiner Feder entschlüpfen. Auf des Jungen bedauernswerter Achsel lastete ein Erbe. Noch so unwissend und schon so vermöglich zu sein! Er aß nicht mal genügend. Die Scheinheilige fragte ihn dann, ob ihm nichts fehle, und der Höseler zitterte bloß so. Auch ich sage nichts, bleibe zart, spazifizottle lieber im Park, wo nach Goethes Ausspruch die Bäume nicht in den Himmel wuchsen, es nach Hans von Marées aussah, lindwürmlig, springbrünnelig. Den Knaben laß ich interessant schmachten. Wer weiß, vielleicht liebte er sein Leiden und die, die es ihm nicht abnahm, die ihn auch liebte, darum, daß sie ihm nicht hold war. Einst schrieb er ihr: «Ich bin dir wehrlos gewachsen, obgleich ich nicht einmal eine Serviette umgebunden bekomme. Gib doch bitte die nötigen Anweisungen. Ich will dich unablässig bewundern.»

Diesen Brief könnte ich in die längste Länge hinauszupfen, lasse ihn aber kurz, damit man sich etwas dabei denke.

Beim Nachbarhausmädchen sowohl wie beim Knaben schöpfte ich aus kioskischen Quellen, das heißt Dreißigcentimesbändchen.

Mich beschäftigt nun

DER MANN, DER EINE SCHÖNE FRAU HAT.

Ernst sieht er aus, wozu er gar kein Recht hat, da er eine schöne Frau hat und deshalb fröhlich auszusehen hätte. Ich, der ich ohne schöne Frau bin, maße mir Fröhlichkeit an. Der Mann, der eine schöne Frau hat, schaut mich stets an, als wollt' er mich vor schönen Frauen eindringlich warnen. Seh' ich ihn, so sag' ich mir: «Kommt da nicht der Mann, von dem man mir sagte, er habe eine schöne Frau?» Ich will nicht abstreiten, daß er mich interessiert. Wen gewänne nicht eine Erscheinung, die mit einer anderen verknüpft einherschreitet, und diese soll schön sein, wie mir hinterbracht wurde. Hätt' ich eine schöne Frau, so wär' ich vielleicht auch sorgenvoll. Schönes verdient, daß man seinetwegen auf Sorglosigkeit verzichte. Wenn er mich sieht, tu ich, als ob und als wenn. Ob er mich für interessiert hält? Er muß fast, und er könnte mich einmal zu seiner schönen Frau einladen, aber er gönnt mir's wahrscheinlich nicht. Die Art, wie wir uns anschauen, ist ein wahrer schleppender Gesang von einem Betrachten. Weder er äußert sich, der eine schöne Frau hat, an die ich glaube, noch ich, der ich niemand an eine schöne Frau glauben machen kann. Er ist mir interessant, weil ich von seiner Frau hörte; ich bin ihm uninteressant, weil ich ihn nicht zu einer Frau einlade, die ich nicht habe. Was aber noch nicht ist, kann vielleicht noch werden. Neulich schaute er mich gar nicht mehr an, als hätte seine schöne Frau kühl über mich abgeurteilt, was sie nicht getan haben kann, da sie mich nicht kennt. Lernte ich sie kennen und mich beruhigen, aber was sag' ich? In diesem Fall käme ja über ihn Unruhe, und er hat schon so Sorgen. Schöne Frauen heischen von ihren Männern eine Fülle von Sorgfalt. Könnt' ich mich da sorgfältiger ausdrücken? Mit einem Mann, der eine schöne Frau hat, muß man sorgsam umgehen, wie auch er vorsichtig umgehen muß mit einem, der keine hat und der gern eine kennenlernen mögen könnte, eine Möglichkeit, die man ihm lieber vorenthält, als gibt. Säh' ich sie, so würde sein Gesicht vielleicht noch ernster. Wie könnt' ich das verantworten? Nein, ich lasse es beim Interesse für die schöne Frau, die einen braven Mann hat, bewenden; denn langweilte ich sie, was dann? Und amüsierte ich sie, was dann? Mag er mit ihr zufrieden sein, die ihn hoffentlich schon ein wenig satt hat. Wenn er das läse, würd' er sich etwas einbilden. Seine schöne Frau entzückt mich, weil er mich noch nicht zu ihr einlud, ich sie für schön halten kann, was für ihn wie für mich vorteilhaft ist, auch für sie, die an der Bravheit interessiert ist, womit ich eine Reihe von Betrachtungen schließe.

VON EINIGEN DICHTERN UND EINER TUGENDHAFTEN FRAU

Bin ich am Lesen, so komm' ich nicht leicht wieder davon, kann Wochen damit verbringen. So las ich mich durch Molières Komödien und Maupassants Novellen und mag diese beiden großen Künstler gern beieinander haben; sie sind im Temperament, in der Menschenkenntnis ähnlich. Maupassant zu lesen kann einen den normalen Lauf des Lebens geringschätzen machen, so Erstaunliches stellt er dir vors Auge. Eine unglaubliche Kraft bei feinster Empfindung. Einen größeren Novellisten gab es wohl nie. Ihn gelesen zu haben bedeutet gutgelaunt, erschreckt, entzückt gewesen zu sein. Ich glaube nicht, daß je wieder einer soviel Merkwürdiges zusammenschreiben wird. Ich kann übrigens Bücher bewundern und sie nachher wegwerfen, sie sind ja in Buchhandlungen immer wieder zu haben. Sehr gut unterhielt ich mich mit den «Grausamen Geschichten» vom Grafen Villiers de l'Isle-Adam. Wie großzügig und abenteuerlich schreibt Dumas. Kennen Sie seinen Roman vom Monte Christo? Von Eugen Sues «Memoiren einer jungen Frau» werden Sie sagen, Sie hätten das Buch nicht weggelegt, ehe Sie an die letzte Zeile kamen. Beide letztgenannten Autoren dichteten absolut unliterarisch, das heißt ursprünglich-phantasiehaft, und stellen wohl gerade darum einen literarischen Wert dar. Balzac verrät in seinen Schriften unendlich viel Bildung. Es gibt aber Bücher, die einzig schon um der Unbekümmertheit ihrer Niederschrift hinreißen. Ich las im Spital einen Aufsatz über eine Jüdin, die ihrem Manne auch noch treu blieb, als er in den Pranger kam, und die durch dies Verhalten die Menge von jeder Beschimpfung abhielt. An Frauen sind uns durchaus dieselben Eigenschaften lieb oder unangenehm wie an unsereins. Unscheinbarkeit kann strahlend schön werden durch Tugend! Manchmal lese ich ganz gewöhnliche Büchlein, wie man sie etwa im Kiosk kauft, als wäre man ein Reisender, dem die Geschäftigkeit nicht erlaubt, bei der Auswahl bedenklich zu sein. Bekanntlich legt man ja in das, was man liest, eigenes Gedankliches, deshalb braucht man eigentlich kein Buch zu scheuen. Soll man nicht auch mit jedem Menschen umgehen können? Mit manchem haben Sie zu tun und lassen es ihn nicht gleich merken, wenn er Ihnen nicht gefällt. Heinrich von Kleist ist lange gemißbilligt und dann mit einemmal beinahe überschätzt worden. Seine Prosa möchte ich für gelungener halten wie seine Verse, die mir zum Teil aus Gemüt und Verstand herausgenötigt erscheinen. Die Penthesilea find' ich stimmbrüchig; in diesem Stück liegt für mich ein unintelligenter Eifer, groß zu sein, der in sich zusammenstürzte, ein Mit-einemmal-zuviel-aus-sich-herausschlagen-Wollen. Ich las hierauf Goethes Jugenddichtungen und begriff bei der Freude an Gestalten wie Goetz, Klärchen und Gretchen Weimars Bestreben, einen so Besonnenen, Umsichtigen und zugleich Lebhaften, wie dieser Dichter einer war, an den Hof zu ziehen. «Werthers Leiden» möchte ich himmlisch nennen. Wenn sich Jean Paul über dies Buch lustig macht, so zählte immerhin Napoleon zu denen, auf die es großen Eindruck machte. Man möchte oft eine Liebe abschütteln! Leiden ist so schön wie Freuen, und läßt sich eine höhere Freude denken als bei dem Leidenden, der aus dem einen wie andern Becher trank? Wie feinsinnig und verständig Egmont von der Regentin spricht, und mit was für einfachen, schönen Worten das Mädchen nachts durch die Brüsseler Gassen zieht, den Freund im Kerker wissend, wie die Bürger fragen: «Was fehlt dem Kind?» Welche reizende, prächtige Dichtung! So klug und warm. Mir mußte dann interessant sein, mich bei Erscheinungen wie Klinger und Wagner umzublicken.

Er kam in Galizien zur Welt, ging in jüngern Jahren wohl zur Schule, bildete sich zum Schriftsteller aus, blieb als solcher nicht erfolglos, machte aber dafür seine Frau unglücklich.

Über keine übertriebene Bildung verfügend, schuf er Novellen wie «Fräulein Direktor».

In der «Venus im Pelz», dem bekanntesten seiner ehemals vielgelesenen Bücher, zeichnet sich der Liebhaber durch Schachtelntragen aus.

Hübsch ist er, leider nur zu stark verliebt, mithin an Schwäche reich, an Energie arm.

Er hilft mit viel Geschick und dem entzücktesten Lächeln auf den Lippen seiner Geliebten, die in dem Grad einen andern achtet, wie sie ihren Gehilfen geringschätzt, in den Eisenbahnwagen erster Klasse einsteigen, und begibt sich mit wahrer Wonne in ein geringeres Abteil.

Solche und ähnliche Erlebnisse tischt uns unser Autor mit merklich zu viel Vergnügen auf. Sein Schicksal will, daß ihn seine eigene Schreibweise verspottet.

Ich las einst eine Inspektorsgeschichte von ihm auf dem Boden eines mit Alkoven versehenen, nett möblierten Zimmers, die Beine dabei gemütlich ausstreckend.

Ferner verdanke ich ihm die Kenntnis eines Peitschenhiebes von seiner Gutsherrin zu schmecken bekommenden und diese Wohltat vollauf zu genießen wissenden um naiven Verfehlens naiv bestraften Burschen.

Dies geschah in den Karpathen; das dient als Entschuldigung.

Der Schilderer östlicher Eigenart fand gerade im abgestufteren Westen geneigte Leser, was uns nicht wundert, da doch Wildlinge auf Gezähmte Eindruck machen.

Wo anders als bei ihm fand ich mit grünlich schillernder Schnapsluft geschwängerte Wirtsstuben? Wer anders als er läßt mich noch heute an Bärenkämpfe und so weiter denken?

Vielleicht sollt' ich ihn lieber nie gelesen haben, bekenne mich aber gern zur Tatsache. Mit etwas gutem Willen befreit man sich mit Erfolg von unliebsamen Bekanntschaften. Löst nicht im Leben ein Einfluß den andern glücklich ab?

Er ließ einen seiner Romanhelden von mit rotledernen Stiefeln, die allemal auf dem Pflaster wacker klapperten, ausstaffierten Bäuerinnen wahrscheinlich nur zu gelinde durchprügeln.

Ich würde mit dem Einfältigen härter haben umgehen lassen, der sich über Verminderung seines Lebensrechtes in höchst einseitig orientierter Seele aufs unnachahmenswerteste freute.

Die Dame, der er unterlag, fand ihn so fade, daß ihr nichts übrigblieb, als ihn preiszugeben. Die Art, wie sie's tat, fiel für ihn unangenehm aus.

Indes er um sie litt, ließ sie sich Tee einschenken und lauschte in aller Ruhe auf die Beethovensche Mondscheinsonate.

Sie sehnte sich übrigens aus dem Schloß weg, wo sie Aufgaben zu übernehmen begonnen hatte, wie zum Beispiel ihre Zofen zu ohrfeigen. Ihr edles Wesen litt unter solchem Milieu.

Er, der solches schrieb, wäre zu seinem und des Lesers Vorteil gern ein anderer gewesen, was ihm nun aber einmal nicht gegönnt war.

Immerhin machte er sich berühmt, diesem Umstand entstammen diese Zeilen.

PARZIVAL SCHREIBT AN SEINE FREUNDIN

Ich bin innerlich noch so jung, schrieb Parzival seiner Freundin, und vernachlässige darum viel, lese jedes Buch, beschäftige mich im Vorbeigehen mit jedem beliebigen Menschen. Es geht mir wie allen: Wir befassen uns lieber mit andern als mit uns selbst, sorgen uns um sie, weil wir ihre Fehler erblicken. Die meinigen fallen andern Leuten mehr auf als mir, und ich bin in ihrem Gespräch, wie sie im meinigen. Mir fiel noch nie ein, gering von mir zu denken. Der Glaube, daß ich etwas wert sei, verläßt mich nie. Du und andere aber hätten mich gerne eingeschüchtert, aber wie kann ich euch zuliebe mir etwas vortäuschen. Ich müßte unaufrichtig sein. Da mich der Gedanke an deine Reize tanzen machte, fiel ich um, kam ins Krankenhaus, und statt dich davon ordentlich zu benachrichtigen, ließ ich's mir in unaufhörlich denkendem Beidirsein wohl sein. Du warst beständig um mich, schautest mich an. Vielleicht ist gerade die Liebe die Feindin der Liebe. Aus lauter Treue wurde ich dir untreu, aus lauter Lust am Schönen handelte ich unschön und wagte dich, da mir's zum Bewußtsein kam, nachher nicht mehr aufzusuchen, wanderte umher, geistig und seelisch dir in einem fort innig untertan und daher bequem geworden. Sieh, Freundin, so ist es: ich mochte nicht zu dir kommen, weil du mich schon zu glücklich gemacht, mir vielleicht wieder genommen hättest, was ich besaß. Plump gesagt, hatt' ich von dir genug, das heißt, ich war so beschäftigt mit dir, daß ich deiner Gegenwart nicht bedurfte. Außerdem schämte ich mich vor dir, weil ich viel zuviel an dich gedacht hatte. Mich drängt es, eine andere kennen zu lernen, um sie auf entzückende Art zu betrügen, ihr Aufmerksamkeiten zu erweisen, auf die nur du ein Recht hast. Nahmest du mir nicht alle Lustigkeit, stempeltest mich zum unsicheren Kind? Liebe macht kindlich, und durfte ich mir erlauben, so zu verarmen? Weil ich vor dir ein so Armer geworden bin, konnt' ich mich nicht mehr entschließen, zu dir zurückzukehren, bot alle Kräfte auf, den Weg zu mir wiederzufinden. Nach und nach verlernte ich, um dich zu weinen. Vergessen kann ich dich nie, aber ich kann es ebensowenig über mich bringen, deinetwegen geringzuachten, was mich umgibt. Auf die Länge würde eine solche Flamme eintönig. Darf ich einem einzigen Gefühl erlauben, mich zu umnachten, der Seligkeit die Macht einräumen, mich unselig zu machen? Ich habe die Pflicht, über die Lebhaftigkeit meiner Fähigkeiten zu wachen. Dir zuliebe darf ich nicht außer acht lassen, der Mensch müsse seinen Mitmenschen dadurch zu ehren suchen, daß er ihm einen Anblick gibt, wozu er ja sagen könne. Zu einem Verunglückten aus übereinandergebrochener Empfindung sagt die Mitwelt nein, und ich bin nicht einer, den es nicht unangenehm berührte, wenn er sich bedauert sähe. Ich liebe und besitze dich, und da ich dich besitze, brauche ich dich nicht wiederzusehen. Wozu sich in Bewegung setzen, um einzufangen, was man schon hat? Du sättigtest mich für immer, gabest mir zuviel, ließest mich zuviel nehmen, als daß ich mir noch etwas möchte geben lassen. Wer wünschte sich in ein Gefäß noch mehr eingegossen, das er bis an den Rand gefüllt sieht? Ich finde dich mit einem Wort zu schön zum Begehren und erhob dich zu hoch, als daß du mir nunmehr noch genügtest. Mit der Verhimmelten hab' ich nicht gern Umgang, will nicht eine Rolle spielen, die du mißbrauchen müßtest. Hielt ich dich je für klug? In keiner Weise. Noch genoß ich dich nicht aus, und wenn's dir je einfiel, über die Demut meiner Haltung zu lächeln, so wirst du bereits stutzig über mich geworden sein, was ich dir beinah gönnen mag; denn bei aller Hingebungslust lebt der Wunsch in mir, daß man mich achte. Er ist vielleicht zu ausgeprägt, da er mir aber gegeben ist, muß ich ihn berücksichtigen. Und dann ist etwas in mir, das sich über des Glücks Nichtachtung beglückt fühlt. Dich zu verschmähen, Schöne, macht mich die Hände falten und Gott um Verzeihung bitten, aber ob ich mich tot nach dir sehne, mag ich mich von dir nicht abhängig wissen. Ich kann mich niemand anvertrauen als mir, denn nur ich versteh' mich zu lenken, und so muß ich mich mir fügen.

DAS SELTSAME MÄDCHEN

Ob nicht zweieinhalb Gedanken in meinem Kopf sind, und ob ich Zahnweh habe, erzähl' ich dennoch, daß eines Tages ein Mädchen, das Männertracht trug, in der Gesellschaft auftauchte. Ich fahre mit zitternder Hand am Prunkstück von Novelle fort. Schrieb je ein Schriftsteller so aufs Geratewohl? Das Mädchen besaß ein reizendes Gesicht, wie flammten die Augen, wie spöttelten die feingeschwungenen Lippen! Die ungebundenen Haare redeten eine Sprache für sich. Eine, die gewöhnt war, daß die Herren vor ihr in Artigkeit zerflossen, versuchte den

Eindringling einzuschüchtern, mußte aber erleben, daß sie gar nicht beachtet wurde. Davon war sie so betroffen, daß sie sich in ein stilvoll eingerichtetes Nebenzimmer zurückzog und ein porzellanenes Hündchen auf den mit Teppichen bedeckten Boden warf. Vor lauter Ärger biß sie sich auf den Mund, legte die Hand auf die von unangenehmen, weil vielleicht nur zu liebevollen Eindrücken bewegte Brust, jagte einen Verehrer fort, der sie beruhigen zu wollen schien und ...

Hier stock' ich eine Zeitlang und bitte den Leser um so viel Geduld, als nötig ist, mich zu sammeln. Der Duft einer Zigarette wolle mir Schwung verleihen.

Einem Grammophon entklang der Tenor Carusos. Der Hausfrau küßte ein Dichter galant die Hand. Wie zierlich all die Fräulein in den langen Schleppen tanzten! Manch einer übertraf an Aufmerksamkeit sein bisher Geleistetes. O daß möglichst viele gute Einfälle meinem eingeschlafenen Geist entstiegen!

Auf einem Sofa aus dem deuxième Empire saß eine Frau, die schöner gewesen wäre, wenn sie sich ums Schönsein weniger bekümmert hätte. Sorglosigkeit verleiht Jugend, Beschäftigung Reiz. Eine der Bedingungen, jung zu bleiben, liegt in der Fähigkeit, sich immer mit irgend etwas zu unterhalten, wär's auch mit etwas Prosaischem. Ein Portier kann beim Schuhputzen glücklich, eine Virtuosin beim Klavierspiel elend sein. Sinken kann vorteilhafter sein als Steigen.

Nicht wahr, ich dichte hier verblüffend trocken!

Ein Artist klammerte sich an eine Belegte-Brötchen-Platte. Sein Impresario ermahnte ihn, nicht ausschließlich an sich selbst zu denken, sich in die Idee hinabzusenken, andern recht viel Rücksicht zu schenken. Inzwischen hatte sich das fremdartige Mädchen rettungslos verliebt. Seine Brust kam ihm durchbohrt vor.

«Na, Komödiant!» wurde es von einem Beobachtenden angerempelt, der seine Bekanntschaft suchte und kein anderes Mittel dazu wußte als Unartigkeit. Leute behandeln uns mitunter derb, weil sie uns schätzen und sich das nicht gerne gestehen.

Ein Engelsgesicht von Dame war's, die mit ihrer milchweißen Mildheit, melassenhaften Gelassenheit unser Figürchen total knickte.

«Hast du kein Erbarmen?» flüsterte das Schlotterchen und meinte die Käserstochter, welche mit der Würde eines Konfitürentopfes einherschritt und sich solche Ausdrücke mit marmeladenhafter Nachlässigkeit, im übrigen höflich verbitten würde.

Hätte nicht die hochgewachsene, mit Grazien behangene, unglaublich edel sich bewegende Täsche in einen Sinkievicz-Roman gepaßt?

Sie hatte wohl gerade Glust nach einem Kartoffelsalätchen, dachte an nichts als Essig und Öl und zerschnitt damit dem Mädchen im Herrenköstüm das Herz.

Meine Bemühungen haben mich ermüdet; ich geh' zu Bett. Mag aus dieser Geschichte klug werden, wer Lust dazu hat.

DAS KIND (III)

Leider war er nur ein Schulbub, Lehrling, ein Kind. Ansehen besaß er nicht, dafür eine Geliebte, die ein Mündchen hatte und einen rätselhaften Blick, womit sie das Kind zunächst tüchtig «strafte». Im Grund sind ja Kinder übermütig; man muß sie von vornherein einschüchtern. Das Kind blieb seiner Geliebten gegenüber von Anfang an verzagt. Gerne hätte es eine Mandoline oder sonst ein Instrument besessen, um Lieder zum Lobe seiner Herrin anzustimmen. Theoretisch überhäufte es dieselbe mit Geschenken, praktisch aber war es zu sparsam, zu haushälterisch, kleinbürgerlich. Ein Kind ist in Gedanken stets sehr kühn; vor der Wirklichkeit erbebt es, scheut vor der Ausführung dessen, was es sich vornimmt, feinfühlend zurück. Es besaß die Nervosität eines Hundes, sagen wir Windspieles. Wenn es umhersprang, reichte nichts an sein Vergnügen heran. Einst war das Kind ein Mann, der sehr weltmännisch auftrat; man merkte ihm aber überall die Kindlichkeit leicht an, weshalb er mit seinem sicherheitvortäuschenden Gebaren erfolglos blieb. Er kannte aber absolut keine Mutlosigkeit, wenigstens keine andauernde; lachte über den Spott der Stärkeren. Hohn und Lieblosigkeit beglückten es. Was war da auszurichten? Das Kind zählte nun schon vierzig Jahre, eigentlich schon ein bißchen mehr; wir wollen es aber mit Wahrheiten verschonen, ähnlich wie man Mädchen nicht damit belästigt. Es hatte Rehaugen und nahm aus milden Händen unklugerweise alles an, nahm sich aber später vor, vorsichtiger im Empfangen zu sein, eher etwas zu spenden als einzusacken. Wer letzteres tut, der kann zu hören bekommen, er sei ein Schmarotzer. War das Kind einst energisch? Einige glauben es; andere sagen, es sei sich gleich geblieben. Früher schrieb es nämlich dicke Bücher, das heißt es überblickte dichtend sein Erlebtes; nun war es aufs Weiterleben angewiesen, fand dafür zunächst keine Form. Weil es auf einen Roman warten ließ, schalt man es träge. Es sei unerhört schlapp, hieß es, und landauf und -ab ging die Rede, es habe kein Herz, indes dasselbe ihm noch nie so weit offenstand wie jetzt. Ob man sich wirklich nur mit druckfertigen Manuskripten in der Tasche als Gebildeten ausweisen kann? Das Kind verlor freilich mit Innerlich-Dienstfertigsein und mit Lieben grausam viel Zeit. Es nannte die Betreffende Mama, auch wieder so ein Unreifheitszug. Aber das müssen wir ihm lassen: nie hat er Anspruch erhoben, für reif gehalten zu werden. Von Zeit zu Zeit benahm er sich rüpelhaft. Ihn in Schutz nehmen? Fällt uns nicht ein. Hat ein solcher so etwas nötig? «Du, der du einst Aufsehen erregtest, den intelligentesten Kopf, die hübscheste Handschrift aufwiesest, wie nebensächlich stehst du da! Ich würde mich an deiner Stelle grämen. Raff dich auf!» So sprach ein ehemaliger Schulkamerad zu ihm. Das Kind wurde ein ganz klein wenig böse und behandelte den Interpellierenden von da an frostig. Es gibt eben Fälle, wo einem Individuum das Vorwärtskommen erschwert ist, und wie steht's dann mit dem Verständnis? Begriffen werden Erfolge, Hemmungen verlacht. Vor seiner Geliebten fand zum Beispiel das Kind deshalb kein Wort, weil es eine Menge Worte in Bereitschaft hatte, ihr alles auf einmal sagen wollte, Lust hatte, den ganzen Vorrat auszubreiten. Nun schaute es sie bloß so an; das langweilte sie natürlich, die ihn amüsant geglaubt hatte. War er je unterhaltsam? Die, die ihn näher kennen, können das sowohl bejahen wie verneinen. Er sah sich von je nur in Ausnahmefällen als guten Gesellschafter. Früheren Freundinnen war er sympathisch, weil er bei ihnen ebensosehr vom Ohr wie vom Mund Gebrauch machte. Schweigen kann so angenehm sein wie reden. Es gab da welche, die ihn aufrütteln zu müssen meinten, wie zum Beispiel mit «selbstverständlich» oder: «Ein Kind kann das begreifen», was Ermahnungen sein sollten, heller zu blicken. Das Kind schaute ihnen zu und sah einen jeden mit seiner Haut umzogen, und es hielt diese Beobachtung für denkbar beruhigend. Das Kind trug wirres Haar und trat oft ungewaschen in bestrenommierte Räume; es tat das nicht aus Armut, sondern aus Eitelkeit. Seine Gegner errieten es hierin leicht, aber das Kind hatte innerlich keinen Feind und ertrug darum jeden spielend. Bedeutete seine «Liebe» Stillstand? Es liebte zum ersten Male. Seine Dame gewährte ihm nicht die leiseste Gunst, die es aber auch nicht brauchte. Kinder sind übrigens oft schwierig zu behandeln. Ich bin der Meinung, man sollte sich nicht zuviel um sie bemühen, eben weil sie anspruchsvoll sind und Verständnisentgegenbringen sie mehr ärgert als zufriedenstellt.

Bei Gelegenheit schrieb das Kind folgendes:

Ja, ich bin ein schlechter Mensch, das heißt ein feiner, gebildeter. Feine Menschen haben das Recht, schlecht zu sein. Nur Ungebildete fühlen sich zur Rechtschaffenheit verpflichtet. Was tat ich einer Bürolistin an? Ich gab nicht zu, daß sie in allen Stücken recht habe. Aus Zorn darüber wurde sie krank. Eine hübsche Jugendliche wollte sich von mir verehrt wissen. Da ich ihr nicht Verständnis entgegenbrachte, ging es bergab mit ihr, indes ich mich auf der Höhe zu halten wußte. Ich verneige mich vor Damen, um sie anderntags nicht mehr zu kennen, und verbreite damit Unbehagen. Anderer Leute Unbehaglichkeit behagt mir; ihr Streit verschafft mir Frieden. Wie fade sind fröhliche Gesichter; wie lustig ernsthafte! Zeitweise liebte ich ein Mädchen, weil sie entschieden etwas beschränkt schien. Blödigkeit hat etwas Faszinierendes. Ich bin einer, der nicht genau weiß, was er eigentlich ist. Manchmal bin ich sensibel wie ein Mädchen. Langweilig ist's, von Landschaft und so weiter reden zu hören. Kultivierten Leuten sollte einleuchten, es sei billig, über ein Kunstwerk in den Ausruf «wundervoll» zu fallen. Loben scheint recht geistlos. Entzücktsein streift bisweilen nah an Dummheit! Glückliche machen sich leicht unbeliebt. Ist es nicht beinah unverschämt, mit seiner Aufgeräumtheit zu prangen, zwanglos so mit den Augen zu leuchten? Jede Minute kann doch die Heiterkeit ausflammen. Man sollte mit seiner Zufriedenheit zurückhaltend sein. Dienstfertig bin ich lieber dort, wo man's nicht erwartet, als dort, wo man glaubt, ich sei es gern. Niemand ist berechtigt, sich mir gegenüber so zu benehmen, als kennte er mich. Wenn ich jemand erkenne, sag' ich ihm das nicht ins Gesicht; ich wirke damit unzart und wecke Verstimmtheit. Zwischen Gebildetheit und Geistigkeit ist ein Unterschied. «Fräulein, bekamen Sie Ihren Pfitzner?» hörte ich jemand fragen. Die Betreffende schien dadurch etwas gelangweilt. Frauen sind mit feinen Redensarten nicht zu fangen; fangen aber selber damit nicht. Vor nicht langer Zeit schimpfte einer auf mich aus Neigung. Meine Ruhe machte ihn böse. Mit Bescheidenheit kann man jemand beinah umbringen. Ironie kann sowohl befreien wie peinigen. Ich bin einer von denjenigen, die Dostojewski lasen. Weil ich nicht lieb mit ihr war, erklärte mich eine Frau für verrückt. Ich werd' es in Zukunft mit andern auch so machen. Überlegene machen mich überlegen; Bescheidene verblüffen mich. Hinter Bescheidenheit vermutet man Kraft. Mitunter bin ich ein bißchen gemein, aber nie lange. Nichts stimmt mich so fröhlich, als wenn ich Grund habe, mich aufzuraffen. Man lebt nur einmal auf dieser wundervollen Welt. Manchmal ist etwas Ordinäres ganz wundervoll. Allzuviel Musik ist ungesund, zuviel Artigkeit ebenfalls. Mich halten viele Leute für verwöhnt, und doch küßte mich noch kein Mädchen. Neulich sah ich einen Knaben, dem ich sogleich als Freund oder Erzieher hätte dienen mögen, so sehr gefiel mir sein Gesicht. Er glich meiner Geliebten, und ich konnte den Blick nicht von ihm wenden. Es wundert und freut mich, daß ich eine Geliebte habe; ich finde das sehr gescheit von mir. Ist eine Geliebte nicht für vieles eine famose Ausrede? Zum Heiraten bin ich zu alt und zu jung, zu klug und zu unerfahren. Wenn's sein muß, sag' ich aber nicht nein. Menschen gelten oft für tüchtig, nur weil sie laut sind, ein Beweis der Wichtigkeit der Oberfläche. Geb' ich mich oberflächlich, so gefall' ich den Menschen. Mit Leichtsinnigkeit kann man sie gewinnen. Liebt man, so benimmt man sich unliebenswürdig; drum finden Liebende oft nicht Anklang. Liebe wirkt nicht so stark wie der Schein davon. Edith behandelt mich wie einen dummen Jungen. Was ist Anhänglichkeit anders als eine Dummejungenhaftigkeit? Sie spielt mit Recht mir gegenüber die gestrenge Mama, weist mich zurecht, findet mich unpassend. Sie ähnelt einer Klavierlehrerin, ist hoheitsvoll und ein wenig verschmitzt dabei. Ich liebe sie entsetzlich. Empfinden kommt dem Verstand unhaltbar vor. Was letzterer gutheißt, wird von der Seele geringgeschätzt; was er empfiehlt, weist das Herz von sich. Wie hast du mich schon hundertmal im stillen bekrösust, Herz! Sie hat mich fortgejagt, ich gehorche ihr, seh' sie nicht mehr. Ein Kind ist glücklich im Gehorsam.

ZÜCKERCHEN

In Berlin sah ich mal im Kino ein Kinderschühlistück, in Kalifornien spielend. Neulich ging ich natürlich wieder einmal spazieren.

Ein Kopfschüttler begegnete mir, der schien mir in einem fort zu sagen: «Nicht doch». Das machte mich zeitweilig tiefsinnig.

Wie sahen die Alpen weich und groß aus, über nähere Hügel ragend. Gab nicht Karl Stauffer im Belvoirpark sowohl in erster Hinsicht auf sich, wie dann ja auch auf seine Gönnerin zu wenig acht? Er fühlte sich zu wohl bei ihr. Unbesorgt darf man bloß stets – scheinen.

Und so kehrte ich ins Wirtshaus ein und fand gleich Beschäftigung, indem ich einer Saaltochter die Schürze umband.

Wie süß war ein Bänkli im vorfrühlingshaft-blutten Wäldchen! Wär's aus Marzipan gewesen, ich hätt' es aufgegessen. Ich war so begeistert.

Auf einem Stegli dachte ich an ein Hedeli, unter einem Tänneli an ein Änneli. Eine Katze setzte genial über eine Hecke. Hühner gingen pickend über die falbe Wiese.

Ach, ich hoffte, gebrochenen Mutes zu verenden, brachte es aber nicht fertig.

Vielleicht komme ich nächstens in ein Mädchenpensionat: ich benutzte eine Gerte zu Seilspringzwecken, wobei ich dachte, es sei total egal, wo ein Autor verlege, wenn er nur Eier lege.

Ich wurde sowohl im In- wie im Ausland spärlich gelesen, doch gibt's Leute, die mich gerade darum schätzen. Fregoli entzückte sein Publikum mit Verwandlungskünsten.

Hier um Bern gibt's hübsche Landschaften. Mir offerierte ein Bauernbursch ein Glas Wein. Im Gehen sah ich andere auf Nachbarwegen störcheln; Fußgänger gehn ja sekundenlang auf einem Bein.

Ein Knödli mit Senf schmeckte mir herrlich, was mich nicht hindert, anzumerken, in einem Ichbuch sei womöglich das Ich bescheiden-figürlich, nicht autorlich. Ist ein Mensch je zu alt, um ein schönes Gedicht zu genießen?

Bald kommt übrigens ein Stückchen Zucker vor. Verleger tun gut, sich Autoren zu halten, die im Leben sonst noch etwas sind.

Die Kunst, lustig zu sein, liegt in der Kraft, die Lustigkeit anderer lustig zu finden. Bevor ich mich an den Schreibtisch setze, putz' ich mich jeweilen gründlich. Vorheriges Turnen schadet auch nicht.

Beim Abendessen hofierte ich einer Frau mächtig; der Gatte fiel gegen mich aus. Ich gab mir Mühe, nicht zu verstehen, was er sagte.

Im Kabarett tanzte eine umtüchelte Tänzerin. Schleierlein welleleten um sie. Das machte mir vorspiegeln, ich wär' in Birma.

Einem Mädchen sagte ich: «Du bist ein kleines, und ich bin ein großes Kind, nicht wahr?» Sie nickte. Und dann kenn' ich eine Sorte Zigaretten, die mich den großen Herrn spielen lassen und fabelhaft duften. Gestern hielt ich's übrigens einen Nachmittag aus, ohne zu rauchen: Übung in Sachen Entsagung. Wer nicht entsagen kann, kommt zu keinem tieferen Genusse. Einen Jasser hörte ich sagen: «Komm doch bald mit deiner Dame», wobei draußen wirkliche promenierten.

Ich hörte von einer reichen und schlechtgelaunten

Frau; vermutlich gäbe sie jedem gern die Mißgestimmtheit, aber nicht das Vermögen.

Das Zückerchen warf ich hoch auf. Wie's verschwand, war ganz frappant; ich wurde hernach süffisant.

Wie flogen aufgelöste Haare aus einem Prachtfenster im blauen Wind; unten ging einer wie eine Romangestalt aus siebzehntem Jahrhundert.

Er liebkoste dann ihren Nacken mit einem Stengeli, wie man es zum Glas Bier zu verzehren pflegt; dazu läuteten Glocken, und er saß da und dachte nichts, außer daß er dachte, daß sich das später etwa machte. Daß uns Heiliges nie verliere!

LUDWIG

EINE REZENSION

Oh, daß ich dieses Buch jedem zu lesen gäbe!

Im Buch saß ein Knabe im Lehnstuhl, das Gesicht in den Händen verborgen.

Ludwig hieß er, und die andern behaupteten, er sei verloren. Er glaubte das aber nie!

«Schrecklich!» tönte es entsetzt um ihn. Man brachte ihn zu Bett, scheinbar war er krank, doch es scheint, daß die andern kränker waren als er; denn sie redeten blühenden Unsinn.

Was tat Ludwig? Unbeantwortenswerte Frage! Er tat nichts als seufzen. Wer brachte ihm dies bei? Die, die sich für sehr klug hielten. Was erreichten sie mit ihren Bemühungen? Nichts, als daß sie ihn veranlaßten, ihnen zu sagen: «Macht aus mir nicht, was ich nicht bin.»

Sie hörten aber nicht auf, ihn zu beweinen. Gemessenes Benehmen ist so langweilig! Sie würden Ludwig zu

Tode beklagt haben, hätt' er nicht hübsch an sich weiter geglaubt. Er lag ruhig wie ein Kind und ließ sie machen.

Da war ein Herr Batschano, der übte nichts Besonderes aus, glich an beschwörendem Schwatz aufs Tüpfchen all den andern. «Was wollt ihr mit mir?» bat unser Ludwig.

Damen traten auf ihn zu und sprachen: «Liebling, du hast uns schon großen Schmerz verursacht.»

«Wenn ich nur die Ursache wüßte», erwiderte der Erkrankte. Er war bildhübsch im Bett, glich in seinem zarten Dulden einem Mädchen.

Ich las das Buch nicht zu Ende, da immer von ein und demselben, von Unschuld und Erschrecken, die Rede war. Wo kein Anlaß zum Jammern vorliegt, fällt die Berechtigung weg, untröstlich zu sein.

Sie wollten Ludwig irr an sich machen; er aber verbrachte als Kranker die fröhlichsten Tage.

«Darf ich bald aufstehen?»

«Woran denkst du? Bist du verrückt?»

So blieb er liegen; denn er war sehr folgsam. Tanten und Schwestern, Bräute und verführerische Frauen küßten ihn der Reihe nach munter ab. Ich würd' es mir an seinem Platz auch haben gefallen lassen.

Edith wich nicht von seinem Bett. «Du Sünder», lispelte sie. Im Buch steht das nicht; es stammt aus meiner Feder. Komische Quelle, aus der ich hier schöpfe! Ach, wie ich mich nach einer Umarmung sehne!

DIE SCHÖNE UND DER TREUE

Die Schöne sieht sich im Salon mit Artigkeit überhäuft, von Herren umringt. Ihr Liebhaber kommt ihr klein vor; er sitzt auch ganz kleinlaut etwas abseits, lächelt aber ziemlich dreist. Will er sich rächen? Selten hat ein Liebender geleugnet, den Haß gekannt zu haben. Die Schöne beachtet ihn nicht, ihr wird gehuldigt, er ist vernachlässigt. Gleichwohl schaut sie von Zeit zu Zeit auf ihn, vielleicht in der Absicht, ihn eifersüchtig zu machen, im Wunsch, ihm zu imponieren. Sie strahlt, fühlt sich so sicher. Muß er sie nicht beneiden, sich bedrückt fühlen? In Gesellschaft die Nebenperson zu sein: wie unerträglich!
Die Schöne: Du verschwindest heute abend förmlich, bist vor lauter Bescheidenheit kaum noch sichtbar. Man merkt dich nicht. Was tust du?
Der Liebhaber (zeigt ihr ein Damentaschentuch, das er einer Kabarettkünstlerin abgekauft hat): Ich tändle!

Die Schöne wird blaß, weicht zurück, geht äußerlich gefaßt, doch innerlich aufgebracht, zu den andern, ist niedergeschlagen, heuchelt Befriedigtheit. Die Frage: «Liebt er mich nicht mehr?» plagt sie von Minute zu Minute mehr. Den Treuen anwesend zu wissen, umflog sie mit einer Gewißheit von Schönheit. Sie verlangte viel von ihm und glaubte, das zu dürfen. Keinem mutete sie Entsagungslust zu wie ihm, und nun diese Unverfrorenheit? Sie setzt sich, sendet Blicke des Entsetzens zu ihm.
Der Liebhaber (für sich): Was tut man nicht, um der Geringschätzung zu entgehen?

DIE URNE

Nacht in einem Wäldchen

Die Dame: Ich erwartete dich, hatte keine schönere Hoffnung, als daß du mich begriffest, zärtlich würdest und zu mir kämest, doch du trautest mir nicht, weil dir meine Umgebung mißfiel. Statt zu dir, red' ich zu den stillen Bäumen; statt mich an deinen Augen zu erfreuen, laß ich mich vom Mond beschauen, der blinzelnd durch die Äste funkelt. Darum, daß ich dich nicht umarmte, weil du mir's nicht gewährtest, schlinge ich meinen Arm um die Urne, die den Holden einschließt, den ich umsonst in leidenden Wünschen herbeirief, umsonst verehrte. Du faßtest es nicht, glaubtest mich kalt und hochmütig. Der Schüchterne fand nicht den Weg zur Verzagten. Wir machten uns gegenseitig ein falsches Bild von uns. Du dachtest mich umworben, ich dich auch; du schüchtertest mich ein, ich dich auch; du hattest keinen Mut, ich auch nicht; du mißverstandest mich, ich dich auch, ehrtest und quältest mich, und ich dich auch, ohne daß wir uns etwas zuleide tun wollten. Warum sahest du mich nicht genauer an und entdecktest nicht die Freude, die ich empfand, wenn ich dich sah? Aus Freundinnenmund hörte ich, du seiest stark, man müsse sich vor dir hüten, dürfe dir nicht entgegenkommen. Unwissenheit derer, von denen man meint, sie wüßten etwas. Wir begingen den Fehler, daß wir uns nicht sahen, wie wir gesehen sein wollten, nicht erkannten, wo Kenntnis und Erfahrung so nahe lagen. Du gingest im Schmerz um mich unter, und ich muß mein ganzes Leben der Wehmut weihen, dem Schmerz um den deinigen. Fortan werd' ich nur die Nacht lieben, die ich hier zubringe, nur bei dir, schöngemeißelter Stein, noch glücklich sein, nur noch hier lächeln und mich erheitern.

Ihr Gatte: Ich finde dich an seltsamer Stelle. Was redest du mit der Leblosigkeit?

Die Dame: Ich sprach mit mir selbst.

Der Gatte: Eine Laune.

Die Dame: Sei zufrieden und gib mir den Arm. *(Sie verlassen den Friedhof, auf den sie im Abgehen einen Blick wirft.)*

TAGEBUCHBLATT (II)

Um einen anstelligen, gesunddenkenden, willfährigen Menschen wie mich ist's schade! Ich stelle mir hier zugleich ein gutes und ein schlechtes Zeugnis aus, indem ich gestehe, daß ich mit meiner Intelligenz tändelte. Über die vielfach verträumte Zeit erschrecke ich nachgerade. Übrigens ist es vielleicht nicht so schlimm. Weshalb Betrachtungen darüber anstellen? Ich wohne nicht wie Gilles de Rey in einem Schloß, dessen Türme sich im Teich spiegeln, führe durchaus kein Herrenleben, und doch ging ich hin, wohin ich vielleicht nie hätte gehen sollen; habe Schein erweckt, Effekt gemacht. Ich hinterließ Eindrücke und übernahm dafür keine Verantwortung, führte mich einerseits zu liebenswürdig auf, anderseits zu grob, zog zuerst an und stieß nachher ab und stiftete durch Vergeßlichkeit Wirrnis an, statt Überzeugung zu säen. Esmeralda, eines der schönsten und ehrbarsten der hiesigen Mädchen, hab' ich in aller Behaglichkeit mit Blikken durchbohrt. Wie es ihr geht, kümmert mich keine Sekunde. Ob sie mit mir rechnet, fällt für mich nicht in Betracht. Ich lasse Hoffnungen wie Funken aufglimmen und beschäftige mich hierauf anderweitig, was gewiß nicht sehr gewissenhaft ist. Eine Edle marterte ich mit Langeweile, nahm aber an, sie bleibe dabei munter. Anfangs steh' ich jeweilen naiv da, gelange dann zu Raffiniertheiten. Tu' ich's absichtlich oder unbewußt? Über Fragen von Wichtigkeit erlaub' ich mir nicht, mir den Kopf zu zerbrechen, den ich so viel wie möglich schone. Unzählige Mädchen machten sich über mich lustig, wodurch sie mich nur angenehm kitzelten. Einmal weinte eine, als sie mich in schauervoller Trauer über Vergangenes sinnen sah; ich lächelte über die unerwartete Wirkung. An allem ist nichts schuld als mein Zaudern. Ich bin die Beute nicht endenwollender, intelligenter Abhaltung. Daß mich einige für geistig arm halten, kommt zweifellos nur daher, weil ich geistreich bin, ich wenigstens glaube es, und daß ich wieder einigen als impertinent gelte, schreibt sich aus dem Umstand her, daß mir zuviel Güte anhaftet, ich wenigstens mach' es mich glauben. Weil ich bescheiden bin, schein' ich hier und da frech. Ich bin unzart aus Zartheit, lieblos aus Liebe und dabei stets voll Glauben an mich. Meine Laufbahn unterbrach ich mir durch Demut, die mir zum Bedürfnis wurde. Abends bin ich knechtisch, frühmorgens herrisch gesinnt und finde mich dennoch täglich in mir und der Umwelt zurecht. Feinde sind mir lieber als Freunde; diese können sich feindlich, jene friedlich zeigen. Alles ändert leicht seine Gestalt. Es existiert eine, die mir noch kein Wort, als höchstens ein nachlässiges, und noch kein anderes Zeichen als ein absprechendes bewilligte. Diese besitzt mich. Ich gehöre der, die mich nicht haben will, mich freigibt und mir damit die Pflicht auferlegt, zu mir selber zu sehen. Ihr zu Ehren ergötz' ich mich an meinen Eigenschaften, habe damit zu tun und bin froh.

FRIDOLIN

Gisela erwartete ihn mit Ungeduld in ihrem Schlosse, er ging im Frühlingszauber vor der Fassade auf und ab, lumpig gekleidet. Im Saale, wo seine Gisela ihres Amtes waltete, schnürte sich dem armen Teufel das Herz zusammen, er brachte angesichts ihrer Bemerkung: «Du lügst in einem fort», kein Wort über die bebenden Lippen und war rot geworden wie ein Krebs, oder wie ein Schulbub, der seine Aufgabe nicht konnte. «Er ist ein fauler Mensch, dem keine Novellen einfallen, und ein liederlicher Liebhaber», hörte er neben sich sagen; es war der Schloßherr, der sich nicht zuvorkommender ausdrückte. Neulich bekam ich von einem Fräulein ein Büchlein geschenkt, worin eine Gisela vorkam, die ich nicht mehr losbekomme. Gisela wandte sich mit der Bitte an ihre Tante, ihr beizustehen; diese sprach: «Sei ruhig, mein Täubchen.» Die Tochter im Saale blickte dem jählings Davongehenden noch ein halbes Jahr lang nach, falls das nicht übertrieben klingt. Wahrheit ist, daß sie etwas engherzig dachte, was ihn hätte hindern sollen, sie anzubeten und ihretwegen seine Pflicht als Dichter hintanzustellen. Er ging nachmittags spazieren und kam platschnaß in die Stadt zurück. Fridolin, so hieß er, nein, so etwas! Manchmal glich er gar nicht einem Schillerschen frommen Pagen. Oh, wie er seine Gisela liebte, seine Liebe war so ernst, wie ich sie spaßhaft finde. Autoren ähneln boshaften Frauen! Wenn Gisela nicht schon benamset wäre, würd' es uns einfallen, sie mit dem Titel

Edith zu schmücken, sie sah kordeliamäßig aus; Denken schien nicht in ihr Fach zu gehören. Um so mehr tat es der Katalonier, der um ihretwillen in Andacht versank, die seiner Seele, nicht aber seinem Geist zur Zierde gereichte. Er dachte nämlich täglich dasselbe, wie lieb sie sei, und doch war sie's nicht, aber weil sie's nicht war, war sie's. Liebeslogik ist sehr lächerlich. Liebende freuen sich, wenn sie sich lächerlich machen, indem sie sich halb kaputt sehnen. Sie war das entzückendste Grasäffchen, schlank und blond, und konnte ernst und hoheitsvoll dreinschauen, du liebe Zeit, und der dümmste Fink, den es je gab, fiel drauf ein, obschon er sich ein Kamel schalt. Ging er nicht wie eine ungeschickt geöffnete Sardinenbüchse einher, ohne jegliche vornehme Haltung, mit einer Mütze auf dem Grind, die inwendig bereits schimmelte und an die Tausendmal vom kleinen Buben mit glücklichem Jubellaut im Wald, dessen grüne Wohnung er jeder andern vorzog, an Tannen, Eichen und Buchen hinaufgeworfen und wieder aufgefangen worden war? Wir zittern entrüstet, indes wir dies anmelden. Ferner bringe ich einen Zudringlichen zur Kenntnis, der in der ehrlichen Absicht um Fridolin herumwedelte, ihn vor Mißschritten und so weiter zu bewahren, beständig den Kopf schüttelte und die Worte aussprach: «Das geht nicht.» Unser Romantiker hätte ihn am liebsten dafür gekläpft. Hatte sie ihm nicht schon ein verheißungsvolles Lächeln geschenkt, und nun? Abends betete er das Vaterunser, die Umstände blieben nichtsdestoweniger dieselben. Der liebe Vater läßt die Seinigen mit Vorliebe im Stich, damit sie sich nichts weismachen, sich in unerschütterlichem Glauben üben. Er ging mit anderem Namen, aber gleichen Gesichtszügen in ein Lokal und ließ sich allda von einer Kellnerin mitleidig das wirre Haar streicheln. Dafür grüßte er sie jeweilen auf der Straße tief, als sähe er Damen und nicht Gläseraneinanderklapperinnen. Im Rennen war er das reinste Reh; Verse machte er jedoch keine. Indem er seiner Herrin treu blieb, nahm er's mit der Anhänglichkeit nicht allzu genau, vielmehr leicht, und küßte einem Schlampli, dem er in einem Wirtschäftchen vor der Stadt Wurst zu essen gab, die davon fettige Hand, es war das denkbar abgehärtetste, zerarbeitetste Händchen, und der Theodorli kam auf diese Art einmal zu einem gehörigen Abputzen fremder Haut, als scheuere er einen Zimmerboden. Das Vogelscheuchli gab ihm ihre Adresse, von der er gelegentlich Gebrauch zu machen dachte, und dann lauerte er wie ein echter Liebender wieder mit Liedern in wonnig träumender Brust um Giselas Behausung herum. Musikanten boten ihm ihre Mitarbeit an, die er mit ausgesprochener Höflichkeit ablehnte. In jeder Bewegung kam er sich sympathisch vor, schaute zu den hellerleuchteten Palastfenstern hinauf und blieb ein wahrer, haariger Affe. Drinnen war nichts zu machen, und draußen wurde der Abend grün vor abendlich-klarer, kälterer Färbung: winterliche Sommernächte entstanden über der Schönheit und Exaktheit seines giselaligen Empfindens, der er in Gedanken und im Kristallhaus der Phantasie den Saum des Röckchens küßte, der dichterisch begabte Begäbling und Knäbling. «O du vor Glück verrückt gewordener Lümmling», sprach er zu sich und war froh, daß er keinen Stolz mehr hatte, abgekühlt an den Eiszäpfen der Hitze, befremdet von der Fremdheit, die jede Freundschaft schurkisch enthält. Da gerade eine Kirche mit blumigen Kapitälen, klassischen Giebeln und eisernem

Tor hinter hohen Säulen in der Nähe war, trat er herein und kniete nieder. Nachts erschienen ihm allerhand Gesichter, aber Ediths Antlitz warf die Toggeln um, er schlief wie das Kind Moses im Kästchen zwischen Schilfpflanzen, von Traumlosigkeit wie von mütterlicher Besorgtheit umlächelt, und stand morgens auf wie ein Kanadier.

DER ELEFANT

Theodore ließ es sich im vornehmen Speisesaal wohl sein. Elli, als deren Elefant erstere fungierte, schrieb Briefe, worin sie sagte, sie schwelge.

Saaltöchter schöpften Suppe.

Isselstein und Höpfner hüpften hervor, die Unterhaltung wurde lebhaft; ich bin ein Kind im Nichtausdrückenkönnen, wie.

Wau, wau! Wer machte so?

Unser Höpfner, der seine Augen über Theodores Konturen gleiten ließ.

Diese erbebte, hielt sich jedoch als Elefant vorläufig still. Elefanten sind Einfädler von Beziehungen. Für sich bezwecken sie nichts. Theodore war bloß so ein Anhängsel.

Nun wieder zu Höpfner, der gern sagte: «Bewahre.» Im Nichtnachahmenkönnen gleiche ich wieder einem Knaben.

Isselsteins Wünsche zielten mehr und mehr auf Elli ab, die von Höpfners Absicht auf den Elefanten nichts merkte.

Aussicht auf verhaltene Alpennatur und ein neuerdingsiges Höpfnersches Wau, wau!

Korrespondiert wurde stets lebhaft.

«Warum reden Sie nicht?» bat Höpfner. Ihre schöne Brust flog auf und ab. Unfähigkeit, elegant zu dichten, bittet um Entschuldigung.

Er fuhr fort: «Sollten Sie's für undenkbar halten, daß man Sie wichtig nimmt?»

«Ich muß mich erst daran gewöhnen.»

«Ich halte es ohne Jawort aus Ihren lieben Lippen kaum noch aus.»

Sie schaute ihn an; er wußte Bescheid.

Isselstein und Elli fanden sich auch; alle vier kehrten dorthin zurück, woher sie gekommen waren.

Papa wollte von Isselstein nichts wissen, er rechnete mit Höpfner, der ihm sein Elefantentum kundtat.

Wally, die Mutter, fand angebracht, in Bestürzung zu stürzen. Elli verteidigte ihren Isselstein mit Erfolg. Theodore erregte Erstaunen. Eine Begleiterscheinung begehrt zu sehen, war total neu.

Die Eltern gaben sich zufrieden. Elli lag am Hals ihres nach wie vor sich Isselstein nennenden Erwählten.

Höpfner ließ weder sein «Wau, wau», noch sein «Bewahre!» mehr vernehmen. Er tat Bedeutenderes.

Er sprach zu Theodore: «Du bist mein; ich kann's aber noch nicht glauben.»

«Ich auch nicht. Wir gleichen uns im Vorläufig-allesdies-noch-nicht-für-möglich-halten-Können.»

Amor gab ihnen den Rat, sich zu küssen.

Höpfner ging erst eine Weile in Versuchen auf, bis ihm das Werk gelang und beide sich in zarten Zumutungen anatmeten und der Knabe über der Szene den Vorhang zuzog.

GESPRÄCHE

DER LIEBENDE UND DIE UNBEKANNTE

Heinrich: Nicht wahr, dieser Weg ist hübsch?
Die Unbekannte: Als Sie mir vorhin in die Nähe kamen, sah ich es Ihrem Schritt, der Langsamkeit, dem Behagen, der Ruhe Ihres Gehens an, daß Sie ein Wort an mich richten würden. Sie haben es getan, und da ich darauf gefaßt war, antwortete ich Ihnen.
Heinrich: Mir wäre es unnatürlich vorgekommen, an Ihnen vorbeizugehen. Der Strom daneben, die Blätter so still, so einladend. Ich war sicher, daß Sie stehenblieben und eine Weile meine Begleitung duldeten. Hab' ich etwas Beunruhigendes für Sie?
Die Unbekannte: Ganz und gar nicht. Gehen Sie stets allein?
Heinrich: Ihre Hände sind niedlich, Ihre Füße fein. Es ist wahr, ich bin für kein Mädchen gefährlich. Ich gehöre mir nicht, geh' nie allein, bin gekettet und dabei zu glücklich, als daß ich Unrechtes tun könnte. Eine begleitet mich beständig, die sich nicht um mich kümmert. Was und wie sie ist, schwebt um mich. Sie spricht mit mir, bald heiter, das heißt, ich lasse sie nie anders als ernst mit mir reden. Ich habe sie so, wie ich sie mir am liebsten denke, mache mit ihrer Erscheinung, was ich will, jage sie oft weg, brauche nicht zu fürchten, ich verlöre sie. Wenn sie wüßte, wie lieb sie mir ist, wie ich mit ihr verfahre, würde sie unwillig, aber kann sie mir das Denken verbieten? Jeder mit ihr zusammenhängende, kleinste Gedanke stärkt mich. Sie gleichen ihr entfernt, deshalb wohl war ich zutraulich.
Die Unbekannte: An wen kam ich da?

Heinrich: An einen Liebenden.
Die Unbekannte: Man hört's Ihrer Offenheit an.
Heinrich: Verletzt sie Sie?
Die Unbekannte: Sie sollte nicht und tut es dennoch. Ich wünschte eine Bekanntschaft zu machen, Sie aber sind ja unausgesetzt in Gesellschaft. Ich dachte, ich könnte Ihnen etwas sein.
Heinrich: Sie sind mir lieb.
Die Unbekannte: Darum, daß Sie mir von Ihrem Glück erzählten?

DIE ROSE

Blumenfrau: Kaufen Sie eine Rose?
Arthur: Nein, heute nicht.
Blumenfrau: Dies Wort bekomm' ich täglich von Ihnen zu hören. *(Zu Edgar:)* Und Sie?
Edgar (kauft die Rose und gibt sie der Kellnerin, mit der er plaudert).
Arthur: Ich sorge nur für mich, bin mit mir unzufrieden, aber das nimmt sich gut aus. Diese Kellnerin ist ganz appetitlich, sie respektiert mich und zürnt mir. Das ist besser, als wenn sie mich belächelte. Man wird im Leben entweder gutmütig befunden und nachlässig aufgefaßt oder ernst genommen und gemieden. Ich ziehe letzteres vor. Man muß den Mädchen artig trotzen, das verschafft gute Laune.
Edgar (steht auf, sagt adieu und geht).
Arthur (geht zu der Rose, die von der Kellnerin in ein Gefäß gestellt wurde): Er war der noble Gebende, und ich bin der unfeine Eigennützige. Nicht wahr, Offenheit ist sympathisch? *(Er riecht daran)* Wie süß du duftest!
Die Kellnerin (lächelt amüsiert): Nicht die Aufmerksamen

machen den Frauen Eindruck. Wir schauen achtungsvoll auf Achtlose. Die Beschäftigten, Inanspruchgenommenen gefallen uns. *(Zu Arthur:)* Du kamst bloß, um dich satt zu essen. Was liegt hinter dieser Stirne? *(Streichelt ihn.)*

Arthur: Du hältst mich nicht für gefühllos.

Die Kellnerin: Nein! Deine Augen verraten dich zu deutlich. Du gibst dir nur einen Anschein von Oberflächlichkeit. Du kennst das Leiden, drum bin ich dir ein wenig hold.

Arthur: Ich werde dich in Zukunft tief grüßen. Die Rose, die dir der Herr schenkte, ist schön.

Die Kellnerin: Leider erhielt ich sie nicht von dir.

Arthur: Ich gab die meinige ab und bin davon abhängig. Aufrichtigkeit verpflichtet, macht aber glücklich.

SCHWÄCHE UND STÄRKE

Sie: An dir ist etwas Verlebtes und Junges. Du bist anziehend und abstoßend.

Er: Wenn du dir Zeit nehmen willst, mir zuzuhören, will ich dir einiges über mich sagen. Wirst du dich nicht ärgern? Einst schwärmte ich für Studentinnen, weil sie viel sprachen, ich sie für außerordentlich klug hielt. Eine Studentin betrat einmal in meiner Abwesenheit mein Zimmer, um nachzusehen, was ich lese. Diese Art, mich zu prüfen, imponierte mir. Dies ist die Einleitung. Bevor man ausspricht, was man bisher für sich behielt, macht man Umstände. Ich bin ein sehr hartherziger Mensch, unglaublich trotzig. Mit neunzehn Jahren hatte ich Freundschaften mit Mädchen, hielt mich für ungebildet; aber die, mit denen ich umging, erklärten mich für klug, daß ich's halb und halb glaubte. Sie hatten mich lieb, ich sie auch, aber es fiel mir nie ein, sie möchten geküßt sein. Ich gab bloß die Hand, war munteren Geistes, lieh ihnen für ihr Sprechen mein Ohr. Einer Büroangestellten schrieb ich Verliebtheiten ins Album, sie pflegte sich auf mich zu setzen. Glaube übrigens nicht, daß ich dir haarklein alles sagen will. Ohne Verschwiegenes käm' ich mir arm vor. Interessieren wird dich mein erster Besuch in einem öffentlichen Hause, wobei ich mir kolossal mutig erschien. Die Empfangsdame führte mich zu einer Reihe von nicht übel geschmückten Mädchen, unter denen ich mir eine auswählte. Eine Flasche Wein wurde gebracht; das Mädchen sagte, es schicke sich so, ich wandte nichts dagegen ein. Ihre Parfümiertheit flößte mir große Achtung ein. Sie entkleidete sich und bat mich, das auch zu tun; ich gehorchte ihr wie ein Kind. Meine Beziehung zu ihr bestand in nichts als in Anerkennung; daß sie Erfahrung in ihrem Beruf zeigte, überraschte mich nicht; ich ging auch gar nicht mit Bedürfnis in dies Haus, sondern aus Pflichttrieb, ich befahl es mir, obschon ich mich nicht geeignet fühlte. «Du hast nicht Lust, mein Lieber.» Sie versuchte, mich künstlich in Wärme zu bringen, was ihr aber keineswegs gelang. «Du kamst bloß aus Eitelkeit zu uns.» Sie lächelte, und gar nicht unschön. Meine Unempfänglichkeit lag am Tag; ihre liebenswürdige Bereitschaft, mir nützlich zu sein, brachte keine Muskel an mir in Bewegung; offenbar war ich nicht geschaffen, mich mit ihr zu zerstreuen. Von Genugtuung war keine Rede; sie bot mir dar, was ich nicht brauchte, gab mir, was ich nicht nahm, nichts in mir verlangte irgend etwas von ihr. Ich schämte mich über ihr zweckloses Gewähren. «Verzeih mir», sagte ich, «ich kannte mich nicht und glaubte, ich könnte bei dir zu Kenntnissen über mich gelangen. Dich versteh' ich, aber mich noch nicht. Nimm nicht übel, daß ich dich verschmähe. Nicht du bist schuld, sondern meine mir alle Besitzlust rund verweigernde Wunschlosigkeit. Sonst würd' ich dich sehr hübsch finden.» Beim Versuch, mich mit ihr zu vereinbaren, übertrug sie mir aus dem Reservoir ihrer Eigenart, was sich mir nicht anpaßte, mich jedoch mit Stolz versah. Ich ließ mir vom Arzt Mittel verschreiben. Fähigkeit vortäuschend, suchte ich eine Beschäftigung, die von mir nicht erledigt sein wollte. Was sagt mir Gutwilligkeit, aus der ich mir nichts mache? Kann sich ein Befriedigter befriedigen gehen? Ich wurde geboren, um ohne Not zu sein, und da ich der Mädchen nicht bedurfte, dachte ich nach, wie's mir möglich wäre, mich trotzdem mit ihnen abzugeben.

Sie: Du wurdest unfein?

Er: Wenn du's so nennen willst, ja! Ich rede nicht von Beziehungen zu bürgerlichen Mädchen –.

Sie: Ich seh' dir an, wovon du reden willst.

Er: Ich wollte von Mutwilligkeiten sprechen.

Sie: Tu's lieber nicht. Ist es so verlockend, sich schlechter Meinung auszusetzen? Du hast dir dein hübsches Lächeln bewahrt. Ich habe dich schelten wollen, bin dazu aber nicht imstande. Ich bedaure dich.

Er: Ich selber tu das nicht. Schade, daß du all das Lustige, das ich dir auftischen wollte, nicht mitgeteilt haben willst. Es trieb mich beinah täglich zu jenen Fröhlichen; es liegt etwas Schönes darin, Zeit zu verlieren und sich genug Ehrbarkeit zuzutrauen, um zuzulassen, daß daran gezehrt wird. Ich fand sie alle verhältnismäßig recht geistreich. Da sie mich gerne sahen, durfte ich mich ihnen nicht entziehen.

Sie: Du warest weder so stark, noch so schwach, wie ich meinte.
Er: Gib mir, bitte, noch ein Glas Bier.

DIE GEDICHTE (III)

Das Mädchen mit den Locken: Mir ist übel, ich will an nichts mehr denken. Er frägt nicht mehr nach mir. Was tat ich, um ihn mir zu entfremden? Er sandte mir seine Gedichte, die ungünstig besprochen wurden, ich gab sie ihm zurück, glaubte nicht ihm, nicht mir, sondern denen, die ihn herabsetzten, die ihn mir vielleicht mißgönnten und nicht Ruhe hatten, bis ich ihn wie ein Kleid abstreifte, das mich entstellte, setzte mir in den Kopf, er hab' es auf Betrug abgesehen, während ich hätte fühlen müssen, wie treu er's meinte. Seine Augen werden nie mehr auf mir ruhen, er übersieht mich, merkt mich nicht, ich bedeute ihm kein Fünkelchen mehr. Hätt' ich doch die schlechten Verse behalten und damit ihn. Ich seh' ein, daß man Dichter leicht unterschätzt, sie sind nicht so schwach, wie man glaubt, nicht so hoffnungsarm, als man sich sie vorstellt. Warum die Zarten kränken und sie an ihre Stärke erinnern? Als wenn nicht in einem Empfindlichen die Fähigkeit schlummern könnte, sich seiner Bedächtigkeit zu entledigen. Ich lehrte ihn Unnachsichtigkeit, er behandelt mich nun, wie er's von mir erfuhr, und will von meiner Schönheit nichts mehr wissen, die ihm ein Gedicht schien. Ich war sein Traum, den ich selbst zerstörte, jetzt kommt er nicht mehr unter meinen Balkon, um zu versuchen, ob's ihm glücke, ein Wort von mir zu hören, eine Geste zu erhaschen. Meine Erscheinung war ihm alles, ich sah's ihm an. Sah er mich, so verlor er beinah die Besinnung. Ich blies das Licht aus, das ich in ihm angezündet, er betet eine andere an. Kaum wag' ich ihm zu begegnen, solch ein geringschätziges Lächeln schenkt er mir. Sich verehrt zu wissen, unentbehrlich zu sein, wie ist das herrlich. Ich seh' schlecht aus für ihn, bin nicht mehr schön, der Wert ist nicht vorhanden, der preisgegeben wurde. *(Sie legt sich zu Bett.)* Dumme Gedichte! Böser, der mir sie sandte, dessen Charakter ich nicht kannte.

Die Tante: Schläfst du?

Das Mädchen (tut, als schlafe sie, antwortet nichts, wickelt sich in die Decke, in ihre Verstimmtheit).

DER VORNEHME UND DIE FEINE

Die Feine: Bring mich nun weg.

Der Vornehme: Das versprach ich dir allerdings, aber ich glaube in dieser Hinsicht nicht an mich. Seltsam ist's, die Nacht würde sich für eine Entführung prächtig eignen. Alle Vorbereitungen sind getroffen, du scheinst reisefertig, alles Notwendige hast du eingepackt, aber wir leben in keinem romantischen Zeitalter. In Operetten und so weiter kommt Flucht vor, mir ist's nicht ums Fliehen zu tun. Kranke fliehen; ich bin gesund und munter, seh' meinen Vorteil nicht im Entweichen, sondern im Bleiben. Laß mich dir sagen, daß mir große Hoffnungen, die laut schallen und an Einbildungen widerhallen, nicht gefallen. Echo trügt, Aussichten blenden. Wo man steht und Bescheidenheit üben muß, haben auch Aussichten Platz und erneuern sich liebe Säle, befleckt mit freudebedeutenden Lichtern. Sag' nicht, daß ich nichts für dich empfinde und nicht mutig sei. Mir scheint das Leben hier so schön wie anderswo; auswärts nicht verlockender als innert den Grenzen. Seid ihr Mädchen nicht oft betörte Freundinnen mutiger Vorkehrungen. Ein Pferdegetrampel, fremdartige Mienen, Stimmen, eine klägliche Herberge und womöglich ein nächtlicher Überfall entzücken euch, dann redet ihr euch ein, was nicht ist, nehmt statt des wohlverdienten bißchen Glückes Illusionen. Seit gestern, seit ein paar Tagen weiß ich, was Glück ist.

Die Feine: Ah, deshalb –

Der Vornehme: Was wollen wir Ähnliche zusammen? Ähnlich Ausgestattete helfen einander nur in ihren Irrtümern. Unser vornehmes Vorhaben kommt mir banal vor. Heute hat mich eine angelächelt und ließ mich damit mein Lebensgeheimnis wissen.

Die Feine: Was führst du da für eine Sprache?

Der Vornehme: Ich find' es vornehm, wenn man einen Anlaß hat, an sich und die Mitwelt vertraulich zu glauben.

Die Feine: So spricht kein Ritterlicher.

Der Vornehme: Aber einer, der allerlei einsah und sich dessen freut, einer, der sich wohlfühlt.

Die Feine: Du wolltest Entführer sein und ließest dich verführen.

Der Vornehme: Sie denkt an mich, und meine Bestimmung heißt mich sein, wofür sie mich hält.

Die Feine (für sich): Jetzt, wo er aufrichtig ist, lieb' ich ihn. Ich spielte die Feine, er den Vornehmen, wir änderten uns, nun besitzt ihn eine andere. Sie hat ihm ihre paar Eigentümlichkeiten zum Heiligtum gemacht. Wie gehen mir die Augen auf! Ihn drängt's nach Liebkosung. Er kennt kein höheres Gebot als ihre Glückseligkeit. Auf einmal ahn' ich alles und kenne ihn und mich, wo's schon zu spät ist. *(Zieht sich zurück.)*

DER EINSAME

Es ist ungewiß, ob er sitzt oder steht

Der Einsame: Irgendwo liegen Seen, ich seh' sie schimmern. In den Alleen des ungestörten Alleinseins flüstern die Blätter. Gemälde, Gedichte, die ich sah und las, leben im Augenblick auf. Ich spiele in der Stille den großen Herrn. Ob ich etwa gern unter Leuten wäre? Warum nicht? Aber ich finde, der Umgang mit Menschen macht gedankenlos. Zerstreuungen belästigen. Der Reiz des Sprechens geht leicht im Gespräch verloren. Wohl sehn' ich mich, mit jemand zu reden. Wie ist man undankbar! Erst wenn man etwas wünscht, möchte man Dank sagen. Was man hat, verachtet man. Herrlich ist des Einsamen geistige Freiheit, seine Gedanken bilden sich im Nu zu Gestalten, für den Denkenden gibt's keine Entfernung. Alterstufen sind überwunden. Sittliche Grenzen zieht er selbst und redet mit Lebendigen und Verstorbenen. Die, die ich vermisse, vermissen mich auch; sie haben erfahren, wie munter ich war. Ich fürchte mich weder vor Lärm noch Stille. Befürchtungen allein sind zu befürchten. Statt zwanzigmal ins Konzert zu gehen, geh' ich einmal, dann tönt mir das Gehörte stark durch die Hallen der Erinnerung. Die Abwägung der Worte, das Ermessen ihrer Wirkung verlernt eher der Redende als der Schweigsame. Bäche mit silbernem Gesprudel rieseln entzückend über die Felswand der ruhigen Einbildung herab. Ich schätze eingebildetes Leben höher als wirkliches. Wem fiele es ein, mich darum zu rügen? Schon als Junge träumt' ich gern; ich wurde größer und wieder kleiner. Das Dasein steigt in Hügelform herauf und herab und bleibt bedeutend. Nicht, wo über Bedeutendes gesprochen wird, lebt sich's am eindrucksvollsten. Verhandlungen vermindern ihren Gegenstand, saugen die Quellen nach und nach auf. Unterhaltung ermüdet. Den Einsamen erquicken Vergangenheit und Gegenwart gleichmäßig. Wenn ich weinen wollte, wie übel nähme sich das in Gesellschaft aus. Hier tu ich's nach Belieben. Hier erst erfuhr ich, wie schön Tränen sind, wie schön das Auflösen in die Empfindung ist. Wo anders als hier ist mir gestattet, den Stolz zu beklagen, mit dem Hochmut, als ging es eine Treppe herab, in die Niederungen des Bedauerns zu steigen, reuig vor der Freundin zu sein, mich in abbittenden Demütigungen zu baden? Wer wagt so schwach zu sein wie der Einsame, wen stärkt dieser Mut so sehr wie ihn? Ärger stammt immer aus dem Zwang der Verstellung, der für mich wegfällt. Laßt mich doch so! Gewiß entzieh' ich mein Wissen, die angeborne Heiterkeit, die Kraft und die Kunst des Schlichtens und Ebnens den vielfach von Tätigkeit gebundenen Menschen. Doch tun vielleicht schon andere Gutes genug, Entschuldigungen findet der Vertrauende immer. Es muß auch einen geben, der nachlässig ist und fröhlich glaubt, daß das nicht schadet. Nie endende Verjüngungen ummurmeln ihn. Er hört das Singen des Urstromes durch die stillen Stunden. Zu sich zurückstrebend, erweiterte er sich. Vor den Menschen flieht er nicht. Wie gern säh' ich mich sympathisch, wie wünschte ich mich ihrem Kreis einverleibt. Doch glaub' ich getan zu haben, was ich vermochte, mich zu sparen. Ich blieb willig.

Die Zigeunerin: Ich war sorglos, achtete nicht auf Kleider, war den ganzen Tag heiter. Sank der Abend aufs Lager herab, so tanzte ich; ich tat es gern, denn es vergnügte mich selber. Fredo, oder wie er hieß, liebte mich, woraus ich mir nichts machte. Er küßte mir von Zeit zu Zeit die Finger. Eines Tages lernte mich der Herr des Schloßgutes kennen, in dessen Nähe wir lagerten. Er fand sein Interesse an mir, bloß so eine Art sehr eingehendes Gefallen. Hätt' er mich geliebt, würd' ich ihn verlacht haben; so ging ich auf den zierlich vorgetragenen Wunsch, seine Frau zu werden, aus Vernunft und Neugierde ein. Seine Artigkeit war nicht nur appetitlich, sondern zeugte von ernsthafter Absicht. Er flößte mir Vertrauen ein, ich gewährte ihm, was er forderte, und wurde Gräfin. Fredo, wie der sich nun gebärdete! Er zerriß das Gras mit dem Mund und heulte dazu. «Du darfst mich hier und da besuchen», beruhigte ich ihn und befahl ihm im übrigen, sich wie ein gebildeter Mensch zu benehmen. Die Ermahnung wirkte. Für eine Frau ist es hübsch, sich vom Herrn ihres Geschickes geachtet und von einem Liebenden verherrlicht zu wissen. Er schlich ums Schloß und um den Luxus, worin ich mich gebettet sah, wie ein Hund, falls man sich so ausdrücken darf. Einst geriet ich in Lebensgefahr, aus der er mich rettete. Ich dankte ihm nicht, er tat bloß, wozu er sich verpflichtet fühlte. Übrigens war ich beinah eifersüchtig auf ihn; jedesmal, wenn er mich sah, lächelte er so schön, daß sich mir die Gewißheit aufdrängte, er sei tief glücklich. So sehr ich mich in der neuen Umgebung verwandelt hatte, für ihn war ich stets dieselbe, die Liebe. Ich diente ihm mehr als er mir, diente ihm zur fortlaufenden Belebung, fühlte fast zu meinem Verdruß, wie ich ihm, der mich in sein Herz einschloß, zum unentreißbaren Eigentum geworden. Der Gatte besaß mich in geringerem Grad, weil er mich – besaß. Er genoß mich nicht halb wie der, dem jeder Anteil versagt, jeder Genuß verboten schien. Dich binden, Macht des Geistes, wem gelänge das?

ANHANG

NACHWORT DES HERAUSGEBERS

Robert Walsers letztes Buch «Die Rose» erschien, von Jakob Hegner in Hellerau sehr fein gedruckt und, wie so viele frühere, mit einer Umschlagzeichnung Karl Walsers versehen, Februar 1925 im Berliner Ernst Rowohlt Verlag. Die Verlagskorrespondenz dazu ist leider verloren, so daß wir über die Vorgeschichte kaum etwas wissen. Robert Walser hatte mit dem Verleger Ernst Rowohlt zwar schon 1912 einmal in Verbindung gestanden, aber dessen damaliges Unternehmen war in die Hände seines Teilhabers Kurt Wolff übergegangen, ehe Walsers «Aufsätze» (und anschließend zwei weitere Prosasammlungen) dort als Bücher herauskamen. Während seines achtjährigen Aufenthalts in Biel hatte sich Walser dann, sicher auch durch die Zeitumstände gezwungen, auf schweizerische Verlage hinorientiert, bis 1919 noch einmal zwei Bändchen bei seinem früheren Berliner Verleger und Gönner Bruno Cassirer erschienen. In den folgenden Jahren wollte ihm kein Verlagsabschluß mehr glücken. Dies betraf insbesondere den Roman «Theodor», den er im November 1921 beendet hatte. (Wenn Walsers Angabe in einem Brief vom 11. Februar 1928 an den Schweizerischen Schriftsteller-Verein korrekt ist, lag dieser Roman damals «seit vier Jahren», also seit 1924, auch «beim Verleger Rowohlt in Berlin» – und dies ist die letzte Nachricht, die es von dem verschollenen Manuskript gibt. Vermutlich hatte der Autor den Roman aber erst nach den Prosastücken für den Band «Die Rose» eingereicht.)

Nachdem er den «Theodor» geschrieben und vergeblich einen Verleger dafür gesucht hatte, war in Walsers Schaffen eine Pause eingetreten; aus den Jahren 1922 und 1923 liegen uns jedenfalls nur auffällig wenige Texte vor (vgl. dazu Bd. 17 dieser Ausgabe: «Wenn Schwache sich für stark halten»). Ende Dezember 1923 schrieb er an seine Freundin Frieda Mermet (nach einer ebenfalls langen Unterbrechung der Korrespondenz): «Geleistet habe ich dieses Jahr nicht übermäßig viel, ich ließ einigen Genies Zeit, sich in voller Üppigkeit zu entfalten, aber ich bin trotzdem etwa noch der neuntgrößte eidgenössische Dichter . . .» Zwei kleine Erbschaften hatten ihn zuvor in eine für seine Verhältnisse sehr unabhängige finanzielle Lage versetzt, so daß er einmal nicht auf das laufende Einsendungsgeschäft an die Redaktionen der Zeitschriften und Zeitungsfeuilletons angewiesen gewesen war. Von April 1922 bis April 1924, also für seine Gewohnheit in der ersten Berner Zeit überraschend lange, wohnte er in einer Dachstube an der Kramgasse 19 in der Berner Altstadt.

Hatte sich schon im letzten Bieler Jahr Walsers ein neuer Ton in seinem Schreiben angekündigt, der in den Texten der frühen Berner Zeit weiterentwickelt worden war – kecke Kommuniqués über Alltagseindrücke und Befindlichkeiten, untermischt mit literarischen und künstlerischen Anspielungen, Selbstporträts in phantastischen Maskierungen und andere Kapriolen –, so bereitete sich in dieser Zeit des eher verhaltenen Schreibens offenbar schon der Schub höchster Produktivität vor, der dann von 1924 bis 1926 andauern sollte. Um ihn auszulösen, bedurfte es aber vielleicht noch eines äußeren Anstoßes. Bernhard Echte beschrieb einen Impuls (in einem Vortrag beim Robert-Walser-Colloquium in Rom, Mai 1985) so: «In dieser Situation, vermutlich Anfang August 1923, dürfte Walser einen Brief des Rowohlt Verlages, Berlin, erhalten haben, der ihn einlud, an einer neuen Zeitschrift mitzuwirken. Die Zeitschrift sollte ‹Vers und Prosa› heißen und nur dem ‹wirklich Gestalteten› einer ‹Reihe Namhafter› vorbehalten sein. So sagte es jedenfalls der Herausgeber Franz Hessel in einem Brief an einen anderen Autor, den er zur Mitarbeit gewinnen wollte [an Wilhelm Lehmann; unveröffentlicht, datiert 23. 7. 1923, im Besitz des Deutschen Literaturarchivs/Schiller Nationalmuseum Marbach a.N.], so daß die Annahme einige Wahrscheinlichkeit besitzt, an Walser sei ein ähnlich schmeichelhaftes, seinem tatsächlichen Renommee allerdings sehr widersprechendes Schreiben gerichtet worden. Und Walser, der in der Folge immer wieder ironisch bis sarkastisch bemerken sollte, er hätte, wie er höre, ja einen ausgezeichneten Namen, griff offenbar auf die Einladung hin wieder zur Feder und sandte unter anderem ‹Der Elefant› und ‹Fridolin› ein, zwei außerordentlich groteske und von allem Früheren abweichende Stücke, so, als wollte er den wohlmeinenden Leuten in Berlin erst einmal demonstrieren, daß das anderweitig über ihn gefällte Urteil der Absonderlichkeit zutreffe. Aber siehe da, die Texte wurden gedruckt.»

Tatsächlich erschienen im dritten Heft der Zeitschrift (März 1924) drei Beiträge von Walser, im Aprilheft dann die Gruppe der «Gespräche» (hier «Der Einsame» und «Die Urne» einschließend) und im

August noch «Die Geliebte». Zu dieser Zeit war aber sicher auch schon eine Vereinbarung über die Buchausgabe getroffen, und die übrigen, noch nirgendwo erschienenen Texte für diese dürften beim Verlag eingegangen sein. Der Autor hatte für seine neuen Schreibmuster eine ihn vielleicht selbst überraschende Bestätigung erfahren, die ihn ermuntern mußte, in dieser Richtung weiterzuarbeiten.

Später mokierte sich Walser über das geringe Honorar, das ihm das Buch gebracht habe: «Am besten bin ich bis heute bezahlt worden vom ‹Berliner Tageblatt›. Diese Zeitung gibt mir für 8 Beiträge soviel wie der Verleger Rowohlt für dreißig Stücke. Das kommt davon, daß die Zeitungen gelesen und gekauft werden, die Bücher gelesen aber nicht gekauft sondern bloß geliehen.» (27. 1. 1926 an Frieda Mermet) Ist seine Rechnung hier korrekt, so betrug das Buchhonorar 600,– Mark, denn das «Berliner Tageblatt» zahlte für jeden Feuilletonbeitrag Walsers 75,– Mark. Walser rächte sich, indem er einige der ihm zugekommenen Freiexemplare an Bekannte verkaufte, freimütig bekennend, «daß der Handel, den ich da betreibe, eigentlich ein bißchen frivol, von geschäftlich-usueller Seite nicht ganz frei von etlichem Einwand ist . . .» Die übrigen Freistücke verschickte er an Prominente, die er noch aus seiner Berliner Zeit kannte: unter anderem an Hugo von Hofmannsthal und an Thomas Mann. Seiner Freundin Frieda Mermet berichtete er, der letztere habe ihm darauf mitgeteilt, er sei in diesem Buch «klug wie ein sehr, sehr feines, vornehmes, artiges und unartiges Kind, vielleicht demnach also gescheit und dumm, das heißt unbeklommen und beklommen durcheinander . . .» (11. 3. 1925). Auf die gleiche Apostrophierung spielte er noch viele Jahre später Carl Seelig gegenüber an; so gern er selbst, gerade in dieser Zeit, sich die Maske eines Kindes vorhielt, so wenig gefiel ihm ein solcher Ausdruck von anderer Seite, wo er von den Höhen des zeitgenössischen Ruhms Herablassung zu fühlen glaubte.

An Otto Pick, den treuen Freund in der Redaktion der «Prager Presse», schrieb Walser um den Jahreswechsel 1925/26: «Mein Büchlein ‹Die Rose› scheint mit Acht und Bann belegt worden zu sein.» Damit bezeichnete er einmal mehr den Tatbestand eines Mißerfolgs. Auch die Kritik hatte den Band offenbar kaum beachtet (Eduard Korrodi widmete ihm in der «Neuen Zürcher Zeitung», Nr. 145, 28. 1. 1925, immerhin eine freundliche Begrüßung). Aber Walser selbst schätzte sein Werk deshalb nicht gering, wie die folgenden Sätze aus einem Brief an seine junge Korrespondenzpartnerin Resy Breitbach bezeugen: «‹Die Rose› ist eines meiner feinsten Bücher, das nur ältere und sehr vornehme Frauen in die Hand nehmen sollten, weil es an diesem Buch sehr viel zu verstehen und zu verzeihen gibt. Es ist das ungezogenste, jugendlichste aller meiner Bücher, und ich finde bedenklich, daß Sie sich's angeschafft haben. Hoffentlich lesen Sie es mit der nötigen Nachdenklichkeit.» (undat., Herbst 1925)

Die Unbekümmertheit, mit der ein Autor sich hier über literarische Konventionen und gesellschaftliche Tabus hinwegsetzte, denen seine früheren Bücher doch wenigstens scheinbar noch Respekt gezollt hatten, war wohl tatsächlich für viele Leser schockierend – zumal man mit dem Namen Walser, nach seinen letzten Büchern, mißverständlicherweise die Vorstellung eines traumversponnenen, naturseligen Landschaftspoeten verband. Hier trieb er nun ganz offen ein loses Spiel mit dem Publikum, trat in einer Folge burlesker Verkleidungen auf, narrte alleraugenblicks die Erwartungen und servierte statt dessen Unvermutetes, Befremdliches und zuweilen scheinbar ganz Sinnloses, streute tiefsinnige Anspielungen aus, um gleich darauf wieder in karikierendem Witz zu brillieren, gefühlvoll zu schwärmen oder auch nur dahinzuplaudern. Geht der Leser aber auf das Spiel ein, entdeckt er darin wahre Wunder der Sprache, bedeutungsvolle Akkorde von Gedanken und Gefühlen, lebendigen Sinn.

Gewiß werden in den Clownerien dieses Autors, werden in seinen sprachlichen Extravaganzen, die von Kalauern über mutwillige Neologismen bis zu höchst manierierten Konstruktionen reichen, auch Spuren einer gefährdeten und labilen seelischen Lage sichtbar. Es ist auch nicht zu übersehen, daß das Motiv, das Text um Text heraustreibt, ein Zwang der Rechtfertigung ist, Rechtfertigung des eigenen Soseins und Soschreibens vor der Instanz des imaginären Du, des Lesers. Walsers soziales Schicksal – seine absolute Außenseiterstellung, seine innere wie äußere Lösung von gesellschaftlichen Klassen und Kreisen bei gleichzeitiger Isoliertheit auch innerhalb des literarisch-intellektuellen Betriebs – wurde in der Berner Zeit im Zusammenhang mit seiner Erfolglosigkeit als Schriftsteller noch deutlicher und für ihn zu einer mit akuter Bedrohung beladenen Situation. Aber die Disposition des Einzelgängers war ihm von Anfang an vorgeschrieben, wie Biographie und Werk belegen, und in dieser Disposition ist das Unverwechselbare seines Schaffens, sind seine genaue Beobachtungsgabe wie seine hellseherische Einsicht, sein verfeinertes Sprachgefühl wie seine spielerische Freiheit begründet – und auch seine spätere Krankheit.

Die Berner Prosa Walsers, und innerhalb ihrer besonders die Sammlung «Die Rose», ist zu großen Teilen – sieht man auf den Autor – eine immer neu ansetzende Rettung und Sicherung des Bewußtseins gegen die Gefahr, den Verlust der Identität. Die Position des autistischen Ich wird hier genau und differenziert bedacht und beschrieben, darin aber zugleich auch immer wieder bewältigt – aufgehoben in einer dialektischen Ganzheit von Subjekt und Welt. Auch wenn man die Texte nur als Zeugnisse solcher Bewußtseinsprozesse liest, zeigt es sich, wie wenig Sinn es hat, mit dem Blick an der Person des Autors und seinem Lebensschicksal haften zu bleiben, denn hierin geht es – das war ihm selbst, wie viele Anspielungen zeigen, sehr bewußt – nicht um eine nur private Problematik, sondern um Repräsentatives, um das Bewußtsein der Gesellschaft, um das Begreifen der Zeit in ihren Spiegelungen. Eine höchst originelle Kulturkritik wird immer wieder zum Thema von Exkursen, Parabeln, aphoristischen Gedanken und Anspielungen.

Man kann den gleichen Texten, wie allen Prosastücken Walsers, aber auch viel voraussetzungsloser gegenübertreten: als Feldern spielender und experimentierender Sprache, hinter denen sich Räume von Assoziationen auftun, die nicht unmittelbar auf ein geschlossenes System von Weltdeutung Bezug nehmen müssen, sondern eine eigene Wirklichkeit darstellen. Spaziergänge im Reich der Bewußtseinsinhalte – von hier aus ist im Rückblick die Entfernung zu gewissen Spaziergangsberichten der Bieler Zeit Walsers, zumal dem großen «Spaziergang», nicht mehr so weit, die strukturelle Übereinstimmung einleuchtend und vielsagend. Erlebnissplitter und Eindrücke, darauf bezügliche Betrachtungen und frei spielende Gedanken begegnen sich in einem scheinbar zufälligen Arrangement, gelöst aus kausalen und zweckhaften Zusammenhängen, reagieren miteinander im Medium der Sprache und bilden neue Figuren voll bedeutsamer Beziehung und zartem Reiz, beweglich und veränderlich wie Mobiles. Keine Frage, daß Robert Walser zu seiner Zeit mit Gebilden, wie sie in «Die Rose» versammelt sind, ein Avantgardist war – von heute aus gesehen, sind seine aleatorischen Montagen, seine über das Parodistische ins Absurde zielenden Erzählgänge nicht ohne Parallelen in der modernen Literatur und besonders auch in der bildenden Kunst: man denke nur an seinen Landsmann Paul Klee.

ANMERKUNGEN

S. 11 *Sonntagsspaziergang:* «Z'vieri», bes. in der Berner Mundart für Nachmittags-Imbiß (um vier Uhr).
«Stündler»: üblicher: «Stündeler», Anhänger einer bestimmten Sekte, auch allgemein im Sinne von Sektierer.

S. 15 *Genf:* Ende 1923 schrieb Walser an Frieda Mermet: «... War ich denn nicht auch im Herbst zu Fuß in Genf in zirka dreißig Stunden?»

S. 18 *Der Idiot von Dostojewski:* Dostojewski gehörte, auch wenn sich im Werk Walsers nur relativ wenige direkte Bezugnahmen auf ihn finden, zu den Autoren, deren Lektüre ihn besonders stark beeindruckte und beeinflußte – das hat Michel Cadot nachgewiesen («Une lecture créatrice de Dostoevskij: le cas du romancier suisse Robert Walser», in« Revue de Littérature Comparée, No. 3/4 1981). Cadot macht auch auf die schon unheimlich wirkende, über literarische Erwägungen hinausgehende Selbstidentifikation Walsers mit Dostojewskis Fürst Myschkin aufmerksam, der am Ende des Romans «Der Idiot» im «Institut Schneider», d.h. einem in der Schweiz gelegenen Sanatorium interniert wird – so, wie Walser selbst die letzten 27 Jahre seines Lebens hospitalisiert werden sollte.

S. 26 *Kurt:* «Irgendwo gibt's eine Revue, worin sich nur Verheiratete blicken lassen dürfen»: Herbst 1923 hatte Max Rychner, der bedeutende Schweizer Literaturkritiker und Redakteur der Zeitschrift «Wissen und Leben», Walser zur Mitarbeit an dieser eingeladen. Walser verhielt sich zunächst mißtrauisch-abwartend, indem er, vielleicht auf eine Bemerkung in Rychners nicht erhaltenem Brief anspielend, u.a. antwortete: »Sie sind Anhänger von möglichst nur verheirateten Dichtern. Für mich Junggesellen ist dies natürlich etwas bedenklich.» (Später entwickelte sich das Verhältnis beider ausgesprochen freundschaftlich-vertrauensvoll.)

S. 28 *Wörishöfer:* Sophie Wörishöfer, geb. Andresen (1838-1890), vielgelesene Jugendschriftstellerin ihrer Zeit.

S. 49 *Eine Ohrfeige und Sonstiges:* Im Januar oder Februar 1924 berichtete Walser seiner Freundin Frieda Mermet in einem Brief über einen kürzlichen Besuch in Biel, wohin er sich zur jährlichen Inspektion – er war noch militärpflichtig – hatte begeben müssen: «Im Stadttheater hatte ich das Vergnügen, einer Vorführung von Oscar Wildes Stück ‹Lady Windermere's Fächer› anzuwohnen, das amüsant und ernsthaft zugleich ist, und in den höchsten Kreisen Londons spielt. Ein Mädchen sprach durch den ganzen Verlauf der Komödie nichts als in variierender Tonart: ‹Ja Mama!›» Im gleichen Brief: «Vom Kommandanten erhielt ich einen scheinbar in jeder Beziehung verdienten Rüffel, als müßte es so sein, auf den ich mit der denkbar strammsten Achtungstellung reagierte. Auf Magglingen begegnete ich zufällig der dortigen, mir bekannten Lehrerin, die mich einlud, mit ihr und ihren Schulkindern zu schlitteln, was sich als überaus lustig erwies.» Diese Motive kehren, deutlich erkennbar, am Anfang des Prosastückes wieder, das demnach nicht vor Januar 1924 entstanden sein kann. – In einem anderen Brief, vermutlich aus den ersten Januartagen 1924, finden sich weitere kleine Parallelen: «. . . mit neuen Mauersteinen ist die Wand geflickt, nämlich die Kirchenmauer, und ein Flick oder Steinfleck diente mir gestern und vorgestern als Ziel für napoleonisches Schneeballwerfen. Ist Ihnen nicht vielleicht bekannt, daß der Näpu, als er zu Brienne auf die Schule ging, sich schon in kindlichen Schnee-Schlachten als Lenker und Inszeneur kräftig auszeichnete?» (Napoleon Bonaparte war in Brienne-le-Château, Dép. Aube, Kadettschüler.) – Das Thema der «Ohrfeige» klingt schon in dem noch vorhergehenden Brief aus den letzten Tagen des Jahres 1923 an: «Früher gab es einen Grafensohn, der in die weite Welt zog, um das Fürchten gründlich kennen zu lernen; ich dagegen zottle hier umher, um zu lernen, wie eine Ohrfeige von Damenhand schmeckt. Noch blieb mein höchster, intimster Wunsch leider unerfüllt. Die Frauen respektieren mich, ich bin ja auch in der Regel so galant wie kein zweiter, nur der Weißwein macht mich frech . . .»

S. 50 «. . . neuen Twanner . . .»: ein Lieblingswein Walsers aus einer Ortschaft am Ufer des Bieler Sees. – «Ich kaufte Güetzi . . .»: mundartl. Bezeichnung für ein kleines süßes Gebäck.

S. 54 «Lenin . . ., von dem so viel die Rede gewesen ist»: bezieht sich vermutlich auf die Nachrufe – Lenin war am 21. Januar 1924 gestorben, und die Zeitungen hatten schon vorher von seiner schweren Erkrankung berichtet – und bietet so einen weiteren Datierungshinweis. – Etwas weiter heißt es: «Er wohnte einst an einer Gasse . . .»: es handelt sich um die Spiegelgasse im Zürcher Oberdorf. Walser wohnte dort im Sommer 1902 (diese Zeit ist im zweiten Teil des Romans «Geschwister Tanner» beschrieben), Lenin erst in späteren Jahren.

S. 61 11. Zeile v.u., «täupelen»: (in dieser Form berndeutsch) von schweizer. «taub», zornig.

S. 63 «. . . es nach Hans von Marées aussah . . .»: H.v.M. (1837-1887), Maler eines monumental-idealistischen Stils, in manchen Bildern auch romantisch-rätselhaft (Freund Arnold Böcklins).

S. 67 *Von einigen Dichtern und einer tugendhaften Frau:* Letzte Zeile, «Klinger und Wagner»: die Jugendfreunde Goethes und Dichter des Sturm und Drang Friedrich Maximilian Klinger (1752-1831) und Heinrich Leopold Wagner (1747-1779).

S. 68 *Sacher-Masoch:* Leopold Ritter von Sacher-Masoch, (1836-1895) war Professor in Lemberg, später freier Schriftsteller und Redakteur (zuletzt der «Neuen Badischen Landeszeitung» in Mannheim) und heiratete zweimal. Von seinen späteren Romanen und Novellen mit ihrer sich ins Perverse kehrenden Erotik leitet sich der Begriff des Masochismus ab.

S. 74 *Das seltsame Mädchen:* «Täsche», abfälliger Mundartausdruck für weibliche Personen, etwa wie Gans (wohl pars-pro-toto-Bildung von Tasche).

S. 80 *Zückerchen:* «Gab nicht Karl Stauffer im Belvoirpark . . .»: Anspielung auf die unglückliche Liebesgeschichte des Berner Malers Karl Stauffer und der Zürcher Patriziertochter Lydia Escher, der Frau eines Freundes und Mäzens des Künstlers; Belvoir war ihr Besitztum in Zürich (vgl. Anmerkung zu «Szene aus dem Leben des Malers Karl Stauffer-Bern» in SW Bd. 17; dort finden sich nähere Angaben). – «blutt» schweizer. für nackt. – «Fregoli»: Leopold Fregoli (1867-1936), exzentrischer Verwandlungskünstler, der mit seinen Imitationen und Parodien zunächst in Italien und dann in aller Welt einzigartige Erfolge sammelte. Auf dem Höhepunkt seines Ruhms gab er

1924 seine Laufbahn auf und zog sich nach einem letzten Auftritt im Februar 1925 ganz zurück. Walsers sich vergleichende Anspielung auf ihn ist beziehungsreich, gerade in den Prosastücken dieser Sammlung, aber auch in vielen anderen, gibt er sich ja selbst ironisch als eine Art Verwandlungskünstler.

S. 86 *Tagebuchblatt:* «Gilles de Rey»: eine andere Anspielung auf den stolzen mittelalterlichen Feudalherrn, Ketzer und Kindermörder findet sich in «Ländlicher Sonntag» (SW Bd. 17, S. 83), dort allerdings wird er Gilles de Rez geschrieben. Walsers Quelle könnte, trotz der nochmals anderen Schreibung. «Das Beispiel des Gilles de Rais» von Franz Blei gewesen sein (F. B., Vermischte Schriften, Bd. 1, Erdachte Geschehnisse, München-Leipzig 1911, S. 55-64), jedenfalls kannte er diese Studie aus dem früheren Abdruck im 2. Jahrgang der «Insel». Dort verkörpert sich in dem blutigen Schloßherrn der strahlende Hochmut des Geistes, der Gott vom Makel seiner Schöpfung befreien will.

S. 89 *Fridolin:* «Um so mehr tat es der Katalonier . . .»: vermutlich eine Anspielung auf Cervantes Helden Don Quijote und seine die Standesgrenzen verkennende Liebesverblendung.

S. 91 «. . . Ediths Antlitz warf die Toggeln um . . .»: Togg, vieldeutiger Mundartausdruck, hier am ehesten im Sinne von Puppe, Popanz.

ZEITTAFEL

1878	Robert Otto Walser am 15. April in Biel geboren.
1884-1892	Besuch der dortigen Volksschule und des Progymnasiums.
1892-1895	Lehre bei der Bernischen Kantonalbank in Biel.
1894	22. Oktober: Tod der Mutter.
1895	April bis August in Basel, anschließend für ein Jahr in Stuttgart, wo damals auch sein Bruder Karl lebte. Vergebliche Versuche, Schauspieler zu werden.
1896	Rückkehr in die Schweiz. Anmeldung am 30. September in Zürich, wo er, abgesehen von kürzeren anderweitigen Aufenthalten, in den folgenden zehn Jahren lebt. 1. Oktober bis 20. November 1897 Hilfsbuchhalter bei der Allg. Versicherungs-A.G. «Schweiz».
1897	Ende November: Reise nach Berlin.
1898	8. Mai: Erste Veröffentlichung (eine Auswahl Gedichte) durch Josef Viktor Widmann im «Sonntagsblatt des Bund» in Bern. Hierdurch Bekanntschaft mit Franz Blei.
1899	Frühjahr in Thun. Mai bis Mitte Oktober vermutlich erster, nicht belegter Aufenthalt in München, wo ihn Franz Blei in den Dichter- und Künstlerkreis der Zeitschrift «Die Insel» eingeführt haben dürfte.
1900	Oktober 1899 bis April 1900 in Solothurn.
1901	September in München. Wanderung nach Würzburg, wo er Max Dauthendey besucht.
1902	Januar in Berlin, Februar bis April bei seiner Schwester Lisa in Täuffelen am Bielersee, anschließend wieder in Zürich.
1903	März in Winterthur, 15. Mai bis 30. Juni Rekrutenschule in Bern, Ende Juli bis Dezember «Gehülfe» des Ingenieurs Dubler in Wädenswil am Zürichsee.
1904	Ab Januar wieder in Zürich, Angestellter der Zürcher Kantonalbank. November erster Militär-Wiederholungskurs in Bern. Ende November erscheint im Insel-Verlag Leipzig sein erstes Buch «Fritz Kochers Aufsätze».

1905 Im März Übersiedlung nach Berlin, wohnt bei seinem Bruder Karl. Juni kurzer Aufenthalt in Zürich. Oktober bis Ende 1905 Diener auf Schloß Dambrau in Oberschlesien.

1906 Anfang Januar Rückkehr nach Berlin. Niederschrift des Romans «Geschwister Tanner» (erscheint im Frühjahr 1907 bei Bruno Cassirer). Kurzzeitig Sekretär des Kunsthändlers, Verlegers und Geschäftsführers der Berliner Sezession Paul Cassirer (ev. auch erst im folgenden Jahr). Sommer/Herbst Niederschrift eines zweiten, nicht erhaltenen Romans.

1907 Januar: Weitere Roman-Pläne, von deren Ausführung nichts überliefert ist. Juni/Juli: Abschluß des Manuskripts «Der Gehülfe» (erscheint im Frühling 1908 bei Bruno Cassirer). Bezug einer eigenen Wohnung in Berlin-Charlottenburg, Wilmersdorfer Str. 141.

1908 Entstehung des Romans «Jakob von Gunten» (erscheint im Frühling 1909 bei Bruno Cassirer). Juni/Juli: Ballonfahrt von Berlin nach Königsberg mit Paul Cassirer.

1909 Bibliophile Ausgabe der «Gedichte» mit Radierungen von Karl Walser bei Bruno Cassirer.

Aus der Zeit von 1909 bis November 1912 sind nicht nur keine Briefe erhalten, sondern es fehlen auch sonstige Belege für seine damaligen Lebensumstände.

1912 November: Wohnt in einer eigenen Wohnung oder einem Zimmer in Charlottenburg, Spandauerberg 1. Vorbereitung der Prosabände «Aufsätze» (erscheint im Frühling 1913 bei Kurt Wolff in Leipzig) und «Geschichten» (erscheint 1914 ebenfalls bei Kurt Wolff).

1913 März: Rückkehr in die Schweiz. Wohnt zunächst bei seiner Schwester Lisa in Bellelay, dann kurz bei seinem Vater im Hause Akeret in Biel. Bezieht im Juli eine Mansarde im Hotel Blaues Kreuz in Biel, wo er während der nächsten sieben Jahre bleiben wird. Beginn der Freundschaft mit Frieda Mermet.

1914 9. Februar: Tod des Vaters.

Frühling: Vorbereitung des Prosabandes «Kleine Dichtungen», für den Walser im Sommer einen Preis des

«Frauenbundes zur Ehrung rheinländischer Dichter» erhält. Die erste Auflage, «hergestellt für den Frauenbund ...», wird im Herbst 1914 gedruckt, die zweite erscheint 1915 bei Kurt Wolff in Leipzig.

Kriegsausbruch. 5. August bis 4. September: (1.) Militärdienst in Erlach; 21. September bis 13. Oktober: (2.) Militärdienst in St. Maurice.

1915 Anfang Januar: Kurze Reise nach Leipzig und Berlin.

25. Januar: Gebrüder-Walser-Abend des Lesezirkels Hottingen in Zürich.

6. April bis 13. Mai: (3.) Militärdienst in Cudrefin (Jura); 6. Oktober bis 3. Dezember: (4.) Militärdienst in Wisen.

1916 Sommer: Anfragen der Verlage Huber und Rascher wegen eventueller Veröffentlichungen. September: Manuskript «Der Spaziergang» abgeschlossen (erscheint April 1917 bei Huber & Co. in Frauenfeld). Oktober: Zusammenstellung des Bandes «Prosastücke» (erscheint Ende November 1916 mit Druckvermerk «1917» bei Rascher in Zürich).

17. November: Tod des Bruders Ernst in der Heilanstalt Waldau bei Bern.

1917 Frühjahr: Zusammenstellung der Sammlungen «Kleine Prosa» (erscheint im April bei A. Francke in Bern) und «Studien und Novellen» (in dieser Form nicht erschienen). Mai: Abschluß des Manuskripts «Poetenleben» (erscheint November 1917 mit Druckvermerk «1918» bei Huber & Co. in Frauenfeld).

16. Juli bis 8. September: (5.) Militärdienst im Tessin.

1918 Januar: Abschluß des Manuskripts «Seeland» (erscheint mit Druckvermerk «1919» erst 1920 bei Rascher in Zürich). 18. Februar bis 16. März: (6.) Militärdienst in Courroux. Mai: Abschluß des Manuskripts für den nicht erschienenen Prosaband «Kammermusik».

Winter: Arbeit an dem Roman «Tobold».

1919 März: Fertigstellung des Manuskripts «Tobold».

Eine zweite Auflage der «Gedichte» und der Band «Komödie» erscheinen bei Bruno Cassirer in Berlin.

1. Mai: Tod des Bruders Hermann.

November/Dezember: Zusammenstellung einer kleinen, nicht erschienenen Prosasammlung «Mäuschen» (vermutlich identisch mit der in der gleichen Zeit brieflich erwähnten, ebenfalls nicht erschienenen Sammlung «Liebe kleine Schwalbe»).

1920 8. November: Leseabend im Kleinen Tonhallensaal in Zürich.

1921 Januar: Übersiedlung nach Bern. Während einiger Monate zweiter Bibliothekar des Berner Staatsarchivs.

Arbeit am Roman «Theodor», der im November abgeschlossen wird.

1922 8. März: Vorlesung aus dem Roman «Theodor» im Lesezirkel Hottingen in Zürich, anschließend für acht Tage Gast beim Maler Ernst Morgenthaler in Wollishofen.

Anfang der zwanziger Jahre erhielt Robert Walser aus zwei Erbschaften (des Bruders Hermann und des Onkels Friedrich Walser) insgesamt 15 Tsd. Franken.

1923 Juni: Spitalaufenthalt wegen Ischias.

Herbst: Wanderung nach Genf.

1924 22. Juli: Austritt aus dem Schweizerischen Schriftstellerverein.

1925 Februar: das letzte Buch, «Die Rose», erscheint bei E. Rowohlt in Berlin.

Frühjahr: Arbeit an den «Felix»-Szenen.

Zusammenstellung eines nicht erschienenen Prosabandes und Arbeit am «Räuber»-Roman.

Anfang September: Ferienaufenthalt mit Frau Mermet in Murten.

Oktober: Beginn der Korrespondenz mit Therese Breitbach.

1928 15. April: 50. Geburtstag des Dichters.

1929 25. Januar: Eintritt in die Heilanstalt Waldau, Bern. Nach einer Pause von vermutlich einigen Monaten Wiederaufnahme der Korrespondenz mit Redaktionen und Fortsetzung der literarischen Arbeit (bis 1933).

1933 Juni: Verbringung nach Herisau, in die dortige Heil- und Pflegeanstalt seines Heimatkantons Appenzell-Außerrhoden, wo er bis zum Lebensende bleibt. Keine schriftstellerische Arbeit mehr.

Neuauflage der «Geschwister Tanner» bei Rascher in Zürich.

1936 Carl Seelig besucht erstmals den Dichter in Herisau. Beginn gemeinsamer Wanderungen und Gespräche.

Neuausgabe «Der Gehülfe» im Verlag der Bücherfreunde, St. Gallen.

1937 Auswahl «Große kleine Welt», herausgegeben von Carl Seelig.

1943 28. September: Tod des Bruders Karl.

1944 7. Januar: Tod der Schwester Lisa.

Carl Seelig übernimmt die Vormundschaft. Von ihm besorgte Auswahlbände und Neuausgaben: «Vom Glück des Unglücks und der Armut», «Stille Freuden», «Der Spaziergang» und «Gedichte».

1947 Auswahl «Dichterbildnisse» und die erste Biographie des Dichters: Otto Zinniker, «Robert Walser der Poet».

1950 Neuausgabe «Jakob von Gunten».

1953 Beginn der von Carl Seelig herausgegebenen «Dichtungen in Prosa».

1956 Tod Robert Walsers am Weihnachtstag (25. Dezember) auf einem einsamen Spaziergang.

INHALT

Robert Walser
Sämtliche Werke in Einzelbänden

Band 1: Fritz Kochers Aufsätze
Band 2: Geschichten
Band 3: Aufsätze
Band 4: Kleine Dichtungen
Band 5: Der Spaziergang,
Prosastücke *und* Kleine Prosa
Band 6: Poetenleben
Band 7: Seeland
Band 8: Die Rose
Band 9: Geschwister Tanner
Band 10: Der Gehülfe
Band 11: Jakob von Gunten
Band 12: Der Räuber
Band 13: Die Gedichte
Band 14: Märchenspiele und szenische Dichtungen
Band 15: Bedenkliche Geschichten
Prosa aus der Berliner Zeit
Band 16: Träumen
Prosa aus der Bieler Zeit
Band 17: Wenn Schwache sich für stark halten
Prosa aus der Berner Zeit I
Band 18: Zarte Zeilen
Prosa aus der Berner Zeit II
Band 19: Es war einmal
Prosa aus der Berner Zeit III
Band 20: Für die Katz
Prosa aus der Berner Zeit IV

55/1/8.84

Suhrkamp Taschenbücher Materialien

Plenzdorfs ›Die neuen Leiden des jungen W.‹ Hg. P. J. Brenner. st 2013

Rilkes ›Duineser Elegien‹. Drei Bände. Hg. U. Fülleborn. st 2009/2010/2011

Schillers Briefe über die ästhetische Erziehung. Hg. J. Bolten. st 2037

Spectaculum. Deutsches Theater 1945-1975. Hg. M. Ortmann. st 2050

Martin Walser. Hg. K. Siblewski. st 2003

Weimars Ende. Im Urteil der zeitgenössischen Literatur und Publizistik. Hg. T. Koebner. st 2018

Ernst Weiß. Hg. P. Engel. st 2020

Peter Weiss. Hg. R. Gerlach. st 2036

Peter Weiss: ›Ästhetik des Widerstands‹. Hg. A. Stephan. st 2032

55/2/8.84